瑞蘭國際

一本到位！

新日檢

N4

滿分單字書

麥美弘 著 ／ 佐藤美帆 審訂

新日檢N4單字就靠這一本！得心應手，輕鬆滿分！

從「背單字」來奠定「新日檢」
的「滿分」應考實力

　　同樣一句日語，可以有各種不同的說法，有時只要改變其中的「動詞」，就可以讓同樣的一句話，呈現出不同的表現與難易度，這就是語言學習上最活潑有趣的地方。

　　以「從事農業的人變少了。」這個句子為例：

　　在新日檢 N3 的級別中，它是「農業<ruby>を<rt>のうぎょう</rt></ruby>している人<ruby><rt>ひと</rt></ruby>は少<ruby><rt>すく</rt></ruby>なくなった。」；但在新日檢 N1 的級別中，它可以說成「農業<ruby><rt>のうぎょう</rt></ruby>に従事<ruby><rt>じゅう じ</rt></ruby>している人<ruby><rt>ひと</rt></ruby>は少<ruby><rt>すく</rt></ruby>なくなった。」；或是「農業<ruby><rt>のうぎょう</rt></ruby>に携<ruby><rt>たずさ</rt></ruby>わっている人<ruby><rt>ひと</rt></ruby>は少<ruby><rt>すく</rt></ruby>なくなった。」。

　　像這樣，隨著不同級別的單字數逐漸累積，讀者們也能逐漸感受到自己日語表現的進步與成長。

　　本《新日檢滿分單字書》系列書，有八大特色：

（1）讓每個單字出現在相對應的級別；如果一個單字有出現在不同級別的可能性，我們選擇讓它出現在較基礎的級別（如新日檢 N5、N4 都有可能考，我們就讓它出現在 N5）。

（2）除了單字以外，連例句也盡量使用相同級別的單字來造句，以 N5 的句子為例：「弟<ruby><rt>おとうと</rt></ruby>は 音楽<ruby><rt>おんがく</rt></ruby>を 聞<ruby><rt>き</rt></ruby>きながら、本<ruby><rt>ほん</rt></ruby>を 読<ruby><rt>よ</rt></ruby>みます。」（弟弟一邊聽音樂，一邊看書。），句中所選用的單字，如「名詞」弟<ruby><rt>おとうと</rt></ruby>（弟弟）、音楽<ruby><rt>おんがく</rt></ruby>（音樂）、本<ruby><rt>ほん</rt></ruby>（書）；「動詞」聞<ruby><rt>き</rt></ruby>く（聽）、読<ruby><rt>よ</rt></ruby>む（看）；以及「接續助詞」ながら（一邊～，一邊～），都是新日檢 N5 的單字範圍，之所以這樣煞費苦心地挑選，就是希望應考者能夠掌握該級別必學的單字，而且學得得心應手。

（3）在「分類」上，先採用「詞性」來分類，再以「五十音」的順序排列，讓讀者方便查詢。

（4）在「文體」上，為了讀者學習的方便，在 N5、N4 中，以「美化體」呈現；在 N3 中，以「美化體與常體混搭」的方式呈現；在 N2、N1 中，則以「常體」呈現。

（5）在「重音標記」上，參照「**大辞林（日本「三省堂」出版）**」來標示，並參考現實生活中東京的實際發音，微幅調整。

（6）在「漢字標記」上，參照「**大辞林（日本「三省堂」出版）**」來標示，並參考現實生活中的實際使用情形，略作刪減。

（7）在「自他動詞標記」上，參照「**標準国語辞典（日本「旺文社」出版）**」來標示。

（8）最後將每個單字，依據「實際使用頻率」來標示三顆星、兩顆星、一顆星，與零顆星的「星號」，星號越多的越常用，提供讀者作為參考。

在 N4 中，總共收錄了 784 個單字，其分布如下：

分類	單字數	百分比
4-1 名詞・代名詞	385	49.11%
4-2 形容詞	25	3.19%
4-3 形容動詞	28	3.57%
4-4 動詞・補助動詞	242	30.87%
4-5 副詞・副助詞	55	7.01%
4-6 接頭語・接尾語	23	2.93%
4-7 其他	26	3.32%

從以上的比率可以看出，只要依據詞性的分類，就能掌握單字學習與背誦的重點，如此一來，背單字將不再是一件難事。最後，衷心希望讀者們能藉由本書，輕鬆奠定「新日檢」的應考實力，祝福大家一次到位，滿分過關！

李美弘

戰勝新日檢，掌握日語關鍵能力

元氣日語編輯小組

日本語能力測驗（日本語能力試験）是由「日本國際教育支援協會」及「日本國際交流基金會」，在日本及世界各地為日語學習者測試其日語能力的測驗。自1984年開辦，迄今超過30多年，每年報考人數節節升高，是世界上規模最大、也最具公信力的日語考試。

✳ 新日檢是什麼？

近年來，除了一般學習日語的學生之外，更有許多社會人士，為了在日本生活、就業、工作晉升等各種不同理由，參加日本語能力測驗。同時，日本語能力測驗實行30多年來，語言教育學、測驗理論等的變遷，漸有改革提案及建言。在許多專家的縝密研擬之下，自2010年起實施新制日本語能力測驗（以下簡稱新日檢），滿足各層面的日語檢定需求。

除了日語相關知識之外，新日檢更重視「活用日語」的能力，因此特別在題目中加重溝通能力的測驗。目前執行的新日檢為5級制（N1、N2、N3、N4、N5），新制的「N」除了代表「日語（Nihongo）」，也代表「新（New）」。

✳ 新日檢N4的考試科目有什麼？

新日檢N4的考試科目，分為「言語知識（文字‧語彙）」、「言語知識（文法）‧讀解」與「聽解」三科考試，計分則為「言語知識（文字‧語彙‧文法）‧讀解」120分，「聽解」60分，總分180分，並設立各科基本分數標準，也就是總分須通過合格分數（＝通過標準）之外，各科也須達到一定成績（＝通過門檻），如果總分達到合格分數，但有一科成績未達到通過門檻，亦不算是合格。總分通過標準及各分科成績通過門檻請見下表。

N4總分通過標準及各分科成績通過門檻			
總分通過標準	得分範圍	0~180	
	通過標準	90	
分科成績通過門檻	言語知識（文字‧語彙‧文法）‧讀解	得分範圍	0~120
		通過門檻	38
	聽解	得分範圍	0~60
		通過門檻	19

從上表得知，考生必須總分超過 90 分，同時「言語知識（文字‧語彙‧文法）‧讀解」不得低於 38 分、「聽解」不得低於 19 分，方能取得 N4 合格證書。

另外，根據新發表的內容，新日檢N4合格的目標，是希望考生能完全理解基礎日語。

新日檢程度標準		
新日檢N4	閱讀（讀解）	・能閱讀以基礎語彙或漢字書寫的文章（文章內容則與個人日常生活相關）。
	聽力（聽解）	・日常生活狀況若以稍慢的速度對話，大致上都能理解。

✳ 新日檢N4的考題有什麼？

要準備新日檢N4考生不能只靠死記硬背，而必須整體提升日文應用能力。考試內容整理如下表所示：

考試科目（時間）		題型			
			大題	內容	題數
言語知識（文字・語彙）考試時間30分鐘	文字・語彙	1	漢字讀音	選擇漢字的讀音	9
		2	表記	選擇適當的漢字	6
		3	文脈規定	根據句子選擇正確的單字意思	10
		4	近義詞	選擇與題目意思最接近的單字	5
		5	用法	選擇題目在句子中正確的用法	5
言語知識（文法）・讀解 考試時間60分鐘	文法	1	文法1（判斷文法形式）	選擇正確句型	15
		2	文法2（組合文句）	句子重組（排序）	5
		3	文章文法	文章中的填空（克漏字），根據文脈，選出適當的語彙或句型	5

考試科目 （時間）		題型		
		大題	內容	題數
言語知識（文法）·讀解 考試時間60分鐘	讀解	4 內容理解 （短文）	閱讀題目（包含學習、生活、工作等各式話題，約100～200字的文章），測驗是否理解其內容	4
		5 內容理解 （中文）	閱讀題目（日常話題、狀況等題材，約450字的文章），測驗是否理解其內容	4
		6 資訊檢索	閱讀題目（介紹、通知等，約400字），測驗是否能找出必要的資訊	2
聽解 考試時間35分鐘		1 課題理解	聽取具體的資訊，選擇適當的答案，測驗是否理解接下來該做的動作	8
		2 重點理解	先提示問題，再聽取內容並選擇正確的答案，測驗是否能掌握對話的重點	7
		3 說話表現	邊看圖邊聽說明，選擇適當的話語	5
		4 即時應答	聽取單方提問或會話，選擇適當的回答	8

其他關於新日檢的各項改革資訊，可逕查閱「日本語能力試驗」官方網站http://www.jlpt.jp/。

✳ 台灣地區新日檢相關考試訊息

測驗日期：每年七月及十二月第一個星期日

測驗級數及時間：N1、N2在下午舉行；N3、N4、N5在上午舉行

測驗地點：台北、桃園、台中、高雄

報名時間：第一回約於四月初，第二回約於九月初

實施機構：財團法人語言訓練測驗中心

　　　　　（02）2365-5050

　　　　　http://www.lttc.ntu.edu.tw/JLPT.htm

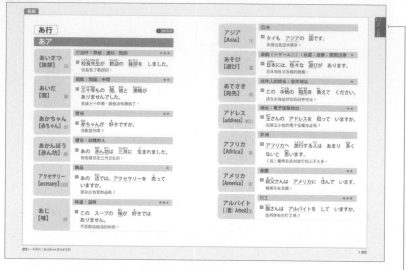

STEP.1 依詞性分類索引學習

本書採用「詞性」分類，分成七大單元，按右側索引可搜尋想要學習的詞性，每個詞性內的單字，均依照五十音順序條列，學習清晰明確。

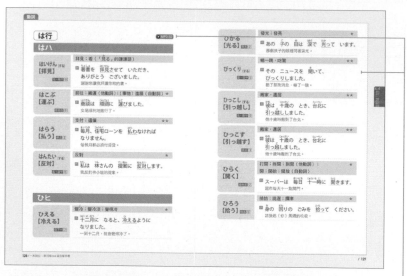

STEP.2 單字背誦、例句練習、音檔複習

先學習單字的發音及重音，全書的重音參照「**大辞林（日本「三省堂」出版）**」，並參考現實生活中東京實際發音微幅調整，輔以例句練習，最後可掃描封底折口 QR Code，聽聽日籍老師親錄標準日語 MP3，一起跟著唸。

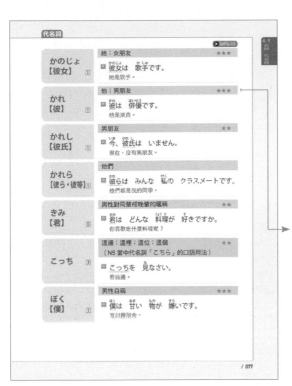

STEP.3 依照星號區分重要度

每個單字均根據「實際使用頻率」，也就是「實際考試易考度」來標示「星號」。依照使用頻率的高低，而有三顆星、兩顆星、一顆星，與零顆星的區別，提供讀者作為參考。

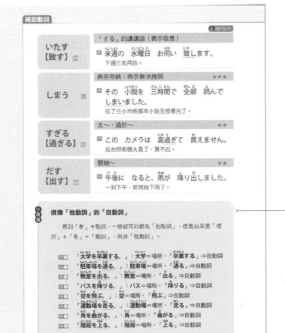

STEP.4 小專欄學習貼心提醒

每個單元附上小專欄，針對容易混淆的單字與觀念加強解說，貼心提醒。

目　次

4-1
名詞・代名詞

　　新日檢 N4 當中，「名詞・代名詞」出現的比例最高，占了 49.11%。進一步的人際關係稱謂與職業名稱，例如「夫（老公）」、「妻（老婆）」、「客（顧客）」、「課長（課長）」、「警察（警察）」、「看護師（護士）」……等，與從居家生活中觸目可見的名詞往周遭環境延伸的單字，例如「携帯（手機）」、「コンピューター（電腦）」、「ガスコンロ（瓦斯爐）」、「飛行場（機場）」、「受付（櫃台）」、「クレジットカード（信用卡）」……等，這些都是基礎必考單字，請熟記。此外，N4 中的「代名詞」，重點是第三人稱單、複數的「彼、彼女（他、她）」與「彼ら（他（她）們）」，請記下來。

あ行

▶ MP3-01

あア

あいさつ 【挨拶】 ①	打招呼；問候；通知；致詞　★★★
	例 校長先生が　歓迎の　挨拶を　しました。 校長致了歡迎詞。
あいだ 【間】 ⓪	期間；間隔；中間　★★
	例 三十年もの　間、彼と　連絡が ありませんでした。 長達三十年間，跟他沒有聯絡了。
あかちゃん 【赤ちゃん】 ①	嬰兒　★★
	例 赤ちゃんが　好きですか。 喜歡嬰兒嗎？
あかんぼう 【赤ん坊】 ⓪	嬰兒；幼稚的人
	例 あの　赤ん坊は　三月に　生まれました。 那個嬰兒是三月出生的。
アクセサリー 【accessary】 ①③	飾品　★
	例 あの　店では、アクセサリーを　売って いますか。 那家店有賣飾品嗎？
あじ 【味】 ⓪	味道；滋味　★★★
	例 この　スープの　味が　好きでは ありません。 不喜歡這道湯的味道。

アジア【Asia】 ①

亞洲

例 タイも　アジアの　国です。
泰國也是亞洲國家。

あそび【遊び】 ⓪

遊戲（＝ゲーム①）；玩耍；遊樂；閒閒沒事　★

例 日本には、色々な　遊びが　あります。
日本有各式各樣的遊戲。

あてさき【宛先】 ⓪

收件人的姓名；收件地址　★

例 この　手紙の　宛先を　教えて　ください。
請告訴我這封信的收件地址。

アドレス【address】 ⓪①

地址；電子信箱地址　★★

例 王さんの　アドレスを　知って　いますか。
知道王小姐的電子信箱地址嗎？

アフリカ【Africa】 ⓪

非洲

例 アフリカへ　旅行する人は　あまり　多く
ないと　思います。
（我）覺得去非洲旅行的人不太多。

アメリカ【America】 ⓪

美國　★★

例 叔父さんは　アメリカに　住んで　います。
舅舅住在美國。

アルバイト【(徳) Arbeit】 ③

打工　★★★

例 張さんは　アルバイトを　して　いますか。
張同學有在打工嗎？

あんしょう ばんごう 【暗証番号】 ⑤	密碼
	例 あなたの クレジットカードの 暗証番号_{あんしょうばんごう} を 知って いますか。 知道你信用卡的密碼？

いイ

いか 【以下】 ①	以下 ★★
	例 この 帽子_{ぼうし}は、三千円以下_{さんぜんえんいか}です。 這頂帽子不到三千日圓。

いがい 【以外】 ①	以外 ★★
	例 彼以外_{かれいがい}は、みんな 出席_{しゅっせき}しないでしょう。 除了他以外，大家都不會出席吧！

いけん 【意見】 ①	意見 ★★★
	例 私_{わたし}は お父_{とう}さんの 意見_{いけん}を 聞_ききたいです。 我想聽聽父親的意見。

いし 【石】 ②	石頭；岩石 ★
	例 この 公園_{こうえん}には 大_{おお}きな 石_{いし}が たくさん あります。 這座公園裡有很多大石頭。

いじょう 【以上】 ①	以上 ★★
	例 この カメラは 十万円以上_{じゅうまんえんいじょう} 掛_かかりました。 這台相機花了十萬日圓以上。

| いっぽう
つうこう
【一方通行】⑤ | 單行道　　　　　　　　　　★ |
| | 例 この 道は 一方通行です。
這條路是單行道。 |

| いと
【糸】① | 線；琴弦 |
| | 例 釣り用の 糸を 買いたいです。
想買釣魚用的線。 |

| いない
【以内】① | 以內　　　　　　　　　　★★ |
| | 例 この 靴が 三万円以内なら 買います。
這雙鞋子如果在三萬日圓以內就買。 |

| いなか
【田舎】⓪ | 鄉下　　　　　　　　　　★★ |
| | 例 両親は 今、田舎に 住んで います。
父母親現在住在鄉下。 |

| イヤリング
【earring】① | 夾式耳環（穿洞耳環是「ピアス」）　★ |
| | 例 妹は イヤリングを 付けて います。
妹妹戴著耳環。 |

| いわい
【祝い・祝】⓪② | 祝福；慶祝　　　　　　　★★ |
| | 例 これは お祝いの ケーキです。
這是慶祝的蛋糕。 |

| インターネット⑤
ネット⓪①
【internet】 | 網際網路　　　　　　　★★★ |
| | 例 インターネットで 物を 買うのが 好き
です。
喜歡在網路上買東西。 |

| インフル
エンザ
【influenza】
⑤ | 流行性感冒　　　　　　　　　　　★★ |
| | 例 先週、インフルエンザに 罹りました。
上個禮拜得了流感。 |

うウ

| うけつけ
【受付】 ⓪ | 受理；櫃台；詢問處；收發室　　　★★ |
| | 例 受付時間は 十時から 四時までです。
受理時間是十點開始到四點為止。 |

| うそ
【嘘】 ① | 謊話　　　　　　　　　　　　　　★★ |
| | 例 嘘を 言わないで ください。
請不要説謊。 |

| うち
【内】 ⓪ | 〜之內　　　　　　　　　　　　　★ |
| | 例 今週の 内に、本を 返して くれますか。
這週內可以還我書嗎？ |

| うちがわ
【内側】 ⓪ | 內側；裡面（也説成「内側」）　　★ |
| | 例 線の 内側に 入って ください。
請進入線的內側。 |

| うで
【腕】 ② | 手腕；胳臂；臂力；本領　　　　　★ |
| | 例 人と 腕を 比べます。
跟別人比臂力。 |

うら
【裏】 [2]

背面；裡面 ★★

例 使い方は　裏に　書いて　あります。

使用方法寫在背面。

うりば
【売り場・売場】 [0]

賣場 ★★

例 帽子売り場は　二階に　あります。

帽子的賣場在二樓。

うんてんしゅ
【運転手】 [3]

司機 ★★

例 バスの　運転手さんが　親切です。

公車的司機很親切。

うんてんせき
【運転席】 [3]

駕駛座

例 この　車の　運転席は　広いです。

這輛車的駕駛座很寬。

えエ

えいかいわ
【英会話】 [3]

英語會話 ★

例 塾で　英会話を　習って　います。

在補習班學英語會話。

エスカレーター
【escalator】 [4]

電扶梯 ★★

例 エスカレーターで　二階へ　行って
ください。

請搭電扶梯到二樓。

えだ
【枝】 0

樹枝；分支

例 木の 枝を 切りました。
剪了樹枝。

えんかい
【宴会】 0

宴會

例 今晩の 宴会に 出席しますか。
會出席今晚的宴會嗎？

おオ

おうせつま
【応接間】 0

會客室 ★

例 応接間で 待って いて ください。
請在會客室等。

おうだんほどう
【横断歩道】 5

斑馬線 ★★

例 大勢の 人が 横断歩道の 前で 待って います。
有很多人在斑馬線前面等著。

おおさじ
【大匙】 0

大湯匙（只用於「烹飪」時）

例 母は 大匙 一杯の サラダ油で 野菜を 炒めます。
媽媽用一大湯匙的沙拉油炒菜。

オートバイ
【autobike】 3

摩托車 ★★

例 母は オートバイで 会社へ 行きました。
媽媽騎摩托車去公司了。

オーバー [1] オーバーコート [5] 【overcoat】	大衣
	例 先週、新しい オーバーを 買いました。 上週買了新大衣。

おかげ 【御蔭・御陰】 [0]	托福；幸虧 ★★
	例 お陰様で、母は 元気です。 托您的福，家母很好。

おくじょう 【屋上】 [0]	屋頂；頂樓
	例 屋上に プールが あります。 頂樓有游泳池。

おくりもの 【贈り物】 [0]	贈品；禮物 ★★
	例 これは 会社の 新年の 贈り物です。 這個是公司新年的贈品。

おしいれ 【押し入れ・押入れ】 [0]	壁櫥
	例 押し入れには、本が たくさん 置いて あります。 壁櫥裡放著很多書。

おじょうさん 【お嬢さん】 [2] おじょうさま 【お嬢様】 [2]	小姐；千金小姐；令嬡 ★★
	例 お嬢さんは とても 綺麗ですね。 令嬡真漂亮啊！

おっと 【夫】 [0]	丈夫，老公 ★★
	例 夫は 先週、アメリカへ 行きました。 老公上週去了美國。

おと 【音】 ②	（物體的）聲音；音色；音訊　★★ 例 この ピアノは 音が 綺麗です。 這台鋼琴的音色很美。
おどり 【踊り】 ⓪	舞蹈 例 日本の 踊りを 見たことが ありますか。 有看過日本的舞蹈嗎？
オフ 【off】 ①	關；休假；折扣　★★★ 例 スイッチを オフに して ください。 請將開關設定為 off。
おもちゃ 【玩具】 ②	玩具　★★ 例 娘の ために 可愛い 玩具を 買いました。 為了女兒買了可愛的玩具。
おもて 【表】 ③	表面；全面；外面；外表　★ 例 箱の 表に 店の 名前が 書いて あります。 箱子的表面寫著店名。
おや 【親】 ②	父母；養父母；祖先；始祖；莊家　★★ 例 主人は 私の 親を 大切に して くれます。 老公很重視我的父母。
おわり 【終わり・終り】 ⓪	結束，告一段落；最後　★★★ 例 授業は これで 終わりです。 課程到這邊告一段落。

か行

かカ

カーテン 【curtain】 ①	窗簾 ★ 例 カーテンを 掛けます。 掛窗簾。
かいがん 【海岸】 ⓪	海岸，海邊（也說成「海辺」） 例 海岸へ 泳ぎに 行きます。 去海邊游泳。
かいぎ 【会議】 ①③	會議 ★★ 例 明日の 会議に 出席しますか。 會出席明天的會議嗎？
かいぎしつ 【会議室】 ③	會議室 ★★ 例 会議室を 片付けて ください。 請整理會議室。
かいじょう 【会場】 ⓪	會場 ★★ 例 パーティーの 会場を 探して います。 正在找派對的會場。
かいわ 【会話】 ⓪	會話 ★★ 例 彼は 日本語の 会話が とても 上達しました。 他的日語會話進步非常多。
かがく 【科学】 ①	科學 例 大学で 科学を 研究して います。 正在大學研究科學。

かがみ【鏡】 ③

鏡子　★★

例 猫は　鏡を　見て　います。

貓咪正在照鏡子。

がくぶ【学部】 ◯①

學院；學系　★

例 林先生は　日本語学部の　学部長です。

林老師是日文系的系主任。

かじ【火事】 ①

火災　★

例 昨日、その　レストランで　火事が
起きました。

昨天，那家餐廳發生了火災。

ガスコンロ【gas焜炉】 ③

瓦斯爐

例 ガスコンロの　使い方を　知って　いますか。

知道瓦斯爐的使用方法嗎？

ガソリン【gasoline】 ◯

汽油　★★

例 二千円分の　ガソリンを　入れて　ください。

請加兩千日圓分量的油。

ガソリンスタンド【gasoline stand】 ⑥

加油站　★★

例 すみません、一番　近い　ガソリンスタン
ドは　どこですか。

請問，最近的加油站在哪裡呢？

かたち【形】 ◯

形狀，樣子；形式　★★

例 その　建物は　どんな　形ですか。

那棟建築物是什麼樣子呢？

かちょう【課長】 ⓪

課長

例 うちの　課長は　とても　厳しく
冷たいです。

我們的課長非常嚴格且冷漠。

かっこう【恰好・格好】 ⓪

外表；裝扮　★★

例 そんな　恰好で　学校へ　行くのは
駄目でしょう。

穿那樣去上學不行吧！

かない【家内】 ①

妻子，老婆　★

例 家内は　台湾へ　旅行に　行きます。

老婆要去台灣旅行。

かねもち【金持ち・金持】 ③

有錢人　★★

例 お金持ちでは　ないから、こんな　高い
物は　買えません。

因為不是有錢人，所以買不起這麼貴的東西。

かふんしょう【花粉症】 ⓪②

花粉症

例 妹は　花粉症です。

妹妹有花粉症。

かべ【壁】 ⓪

牆壁　★★

例 絵を　壁に　掛けて　ください。

請將畫掛在牆上。

かみ【髪】 ②

頭髮　★★★

例 毎日、髪を　洗いますか。

每天洗頭嗎？

ガラス 【(荷) glas】 ⓪	玻璃　　　　　　　　　　　　　★★ 例 ガラスを　切^きります。 切割玻璃。

ガラス
【(荷) glas】 ⓪

玻璃　　　　　　　　　　　　★★

例 ガラスを　切ります。
切割玻璃。

かわり
【代わり・代り・替わり・替り】 ⓪

代替；代理；交替；輪流　　　　　★

例 代わりが　来ました。
輪班的來了。

かんげいかい
【歓迎会】 ③

歓迎會；迎新會

例 明後日は　学校で　歓迎会が　あります。
後天學校有迎新會。

かんごし
【看護師】 ③

護理師；護士　　　　　　　　　★★

例 この　看護師さんは　親切で　優しいです。
這位護士既親切又溫柔。

（註：根據「大辞林」，2001 年 (平成十三年) 開始，「看護婦」跟「看護士」都改稱為「看護師」。）

かんそうき
【乾燥機】 ③

烘乾機

例 乾燥機が　壊れました。
烘乾機壞了。

きキ

き
【気】 ⓪

空氣；氣氛；心情；心；精神　　★★★

例 気を　入れて　やって　ください。
請用心做。

キーボード 【keyboard】③	鍵盤；電腦鍵盤；電子琴　★ 例 姉は　キーボードを　弾くことが　できます。 姊姊會彈電子琴。
きかい 【機会】②⓪	機會　★★★ 例 彼と　会う機会が　ありますか。 有跟他碰面的機會嗎？
きかい 【機械・器械】②	機械　★★ 例 機械が　故障しました。 機械故障了。
きしゃ 【汽車】②	火車（只有鄉下地方才這麼說，一般稱為「電車」）★ 例 あれは、基隆に　行く汽車です。 那班是要到基隆的火車。
ぎじゅつ 【技術】①	技術　★ 例 あなたの　運転技術は　どうですか。 你的開車技術如何呢？
きせつ 【季節】①②	季節　★★★ 例 天気は　季節に　よって　変わります。 天氣依季節而改變。
きそく 【規則】②①	規則；規律　★ 例 毎日　規則正しい　生活を　して　いますか。 每天過著有規律的生活嗎？
きつえんせき 【喫煙席】③	吸菸席；吸菸區　★★ 例 すみません、喫煙席は　どちらですか。 請問，吸菸區在哪裡呢？

きぬ【絹】 ①

絲綢

例 妹の 誕生日に、絹の シャツを あげました。

妹妹的生日,我送了絲綢襯衫給她。

きぶん【気分】 ①

氣氛;情緒;身體狀況 ★★★

例 ご飯を 食べた後、気分が 悪く なりました。

吃過飯後,身體變得不太舒服。

きもち【気持ち・気持】 ⓪

心情;感覺 ★★★

例 お気持ちは よく 分かります。

您的心情我很了解。

きもの【着物】 ⓪

衣服;和服 ★

例 日本の 着物を 着たことが ありますか。

有穿過日本的和服嗎?

きゃく【客】 ⓪

顧客,客人 ★★★

例 日曜日は 客が 多いです。

週日客人很多。

キャッシュカード【cash card】 ④

金融卡 ★★

例 キャッシュカードを 持って いる大学生は 少なく ないです。

有金融卡的大學生不少。

きゅうこう【急行】 名・自サ ⓪

急行;急驅;快車

例 台北行きの 急行に 乗りました。

搭乘了往台北的快車。

きゅうブレーキ 【急brake】 ④	**緊急煞車** 例 <ruby>急<rt>きゅう</rt></ruby>ブレーキを <ruby>掛<rt>か</rt></ruby>けました。 緊急踩了煞車。
きょういく 【教育】 ⓪	**教育** 例 <ruby>彼女<rt>かのじょ</rt></ruby>は <ruby>四年間<rt>よねんかん</rt></ruby>、<ruby>日本<rt>にほん</rt></ruby>の <ruby>大学<rt>だいがく</rt></ruby>で <ruby>教育<rt>きょういく</rt></ruby>を <ruby>受<rt>う</rt></ruby>けました。 她在日本的大學受了四年教育。
きょうかい 【教会】 ⓪	**教會** ★ 例 <ruby>毎週<rt>まいしゅう</rt></ruby> <ruby>日曜日<rt>にちようび</rt></ruby>に、<ruby>教会<rt>きょうかい</rt></ruby>へ <ruby>行<rt>い</rt></ruby>きますか。 每週日上教堂嗎？
きょうみ 【興味】 ①	**興趣** ★★★ 例 <ruby>音楽<rt>おんがく</rt></ruby>に <ruby>興味<rt>きょうみ</rt></ruby>が ありますか。 對音樂有興趣嗎？
きんえんせき 【禁煙席】 ③	**禁菸席；禁菸區** ★★ 例 すみません、<ruby>禁煙席<rt>きんえんせき</rt></ruby>は どちらですか。 請問，禁菸區在哪裡呢？
きんじょ 【近所】 ①	**附近；鄰居** ★ 例 <ruby>近所<rt>きんじょ</rt></ruby>の <ruby>人<rt>ひと</rt></ruby>が、<ruby>色々<rt>いろいろ</rt></ruby> <ruby>教<rt>おし</rt></ruby>えて くれました。 鄰居教了我很多東西。

くク

ぐあい【具合】 0

状況；身體狀況；樣子；方便；合適 ★★★

例 お具合は いかがですか。
您身體狀況如何呢？

くうき【空気】 1

空氣 ★

例 田舎の 空気は きれいです。
鄉下的空氣很新鮮。

くうこう【空港】 0

機場 ★★

例 飛行機は 関西空港に 着陸しました。
飛機在關西機場降落了。

くさ【草】 2

草

例 庭の 草を 取りました。
拔了院子裡的草。

くび【首・頸】 0

脖子；器物的頸部；領子；腦袋 ★

例 この シャツは 首が 窮屈です。
這件襯衫領子很緊。

くも【雲】 1

雲，雲彩，雲朵 ★

例 雲が 出て きました。
雲出現了。

クレジットカード【credit card】 6

信用卡 ★★★

例 クレジットカードで 払っても いいですか。
可以用信用卡付款嗎？

けケ

け 【毛】　⓪	①（動物的）毛②頭髪 例　①この　セーターは　羊の（ひつじ）　毛（け）で　作（つく）りました。 這件毛衣是用羊毛做的。 ②彼女（かのじょ）は　髪（かみ）の　毛（け）が　長（なが）いです。 她的頭髮很長。
けいざい 【経済】　①	經濟；處理金錢 例　姉（あね）は　大学（だいがく）で　経済（けいざい）を　勉強（べんきょう）して　います。 姊姊正在大學唸經濟。
けいさつ 【警察】　⓪	警察；警察局　　　　　　　　　★★ 例　あの　泥棒（どろぼう）が　警察（けいさつ）に　捕（つか）まえられました。 那個小偷被警察抓了。
けいたい 【携帯】　⓪ けいたいでんわ 【携帯電話】　⑤	手機　　　　　　　　　　　　★★★ 例　お子（こ）さんは　携帯（けいたい）（電話（でんわ））を　持（も）って　いますか。 您的小孩有手機嗎？
ケーキ 【cake】　①	蛋糕　　　　　　　　　　　　★★ 例　母（はは）が　作（つく）ったケーキは　美味（おい）しかったです。 母親做的蛋糕很好吃。

けしき【景色】 ①

風景，景色　★

例 外の 綺麗な 景色が 見える席が いいです。
可以看到外面漂亮風景的座位比較好。

けしゴム【消しゴム】 ⓪

橡皮擦　★★

例 彼女は 消しゴムで 字を 消しました。
她用橡皮擦把字擦掉了。

げんいん【原因】 ⓪

原因　★★

例 火事の 原因を 調べて います。
正在調査火災的原因。

けんきゅうしつ【研究室】 ③

研究室

例 明日、研究室で 相談しましょう！
明天在研究室商量吧！

げんごがく【言語学】 ③

語言學

例 私は 言語学に 興味を 持って います。
我對語言學有興趣。

けんめい【件名】 ⓪

電子郵件主旨；項目名稱；類別

例 メールの 件名を 付け忘れて しまいました。
忘了標記電子郵件的主旨了。

こコ

こ 【子】 ⓪	①兒女，子女，孩子　　　　　★★★ ②「お子さん」是指「令郎」或「令嬡」

例 ①うちの 子は もう 二十歳です。
我的孩子已經二十歳了。

②お子さんは もう 二十歳ですか。
令郎已經二十歳了嗎？

コイン ランドリー 【coin laundry】④	自助洗衣店

例 この 近くに コインランドリーが
ありますか。
這附近有自助洗衣店嗎？

こうがい 【郊外】 ①	郊外　　　　　　　　　　　★

例 郊外に 住みたいです。
想住在郊外。

こうき 【後期】 ①	後期；後半期；下半期

例 後期の 授業は いつから 始まりますか。
後半期的課程是幾時開始呢？

こうぎょう 【工業】 ①	工業

例 その 国は 工業が 発達して いますか。
那個國家工業發達嗎？

こうきょうりょうきん
【公共料金】 5

公共費用

例 公共料金は 必ず 支払って ください。
請務必繳交公共費用。

こうこう
【高校】 0

高中（「高等学校」的略語） ★★

例 昨日、高校の 時の 先生に 会いました。
昨天，遇到了高中時代的老師。

こうこうせい
【高校生】 3

高中生 ★★

例 あの 高校生は とても 背が 高いです。
那位高中生個子非常高。

ごうコン
【合コン】 0

聯誼（「合同コンパ（company）」的略語） ★

例 合コンに 行くのが 好きですか。
喜歡參加聯誼嗎？

こうじ
【工事】 1

施工

例 この 先の 道路は 工事中で、車は
通行できません。
因為前面的道路正在施工，所以車輛無法通行。

こうじょう
【工場】 3

工廠 ★★

例 この 車は ドイツの 工場で
生産されたものです。
這輛車是德國工廠生產的。

こうちょう
【校長】 0

校長 ★

例 この 学校の 校長は とても 若いです。
這所學校的校長非常年輕。

こうつう【交通】 ⓪

交通；交往 ★★

例 田舎は 交通が 不便です。

郷下交通不便。

こうどう【講堂】 ⓪

禮堂

例 新入生歓迎会は 講堂で 行って います。

迎新會正在禮堂舉行。

こうむいん【公務員】 ③

公務人員 ★

例 公務員の 平均年収は どれぐらいですか。

公務員的平均年收入大約是多少呢？

こくさい【国際】 ⓪

國際 ★★

例 彼女は 国際貿易を 勉強して います。

她正在學國際貿易。

こくない【国内】 ②

國內 ★★

例 この ラーメン屋は 日本国内に 支店が たくさん あります。

這家拉麵店在日本國內有很多分店。

こころ【心】 ③②

內心；心腸；心胸 ★★

例 彼は 心が 広いです。

他心胸寬大。

こさじ【小匙】 ⓪

小匙；茶匙（只用於「烹飪」時）

例 砂糖は 小匙 二杯で 十分です。

糖兩小匙就夠了。

こそだて 【子育て】 ②	養育小孩 例 子育てが 辛いです。 養育小孩很辛苦。
ごぞんじ 【御存知】 ②	您知道～；您認識～（「知る」的尊敬語） 例 稲田さんを ご存知ですか。 您認識稻田先生嗎？
こたえ 【答え】 ②	答覆；答案　　　　　　　　　　★★★ 例 この 問題の 答えは 何ですか。 這個問題的答案是什麼呢？
こと 【事】 ②	事情；事件　　　　　　　　　　★★★ 例 近頃、色々な ことが ありました。 最近，發生了種種事情。
ことり 【小鳥】 ⓪	小鳥 例 弟は 小鳥を 二羽 飼って います。 弟弟養著兩隻小鳥。
ごみ・ゴミ ②	垃圾；灰塵　　　　　　　　　　★★★ 例 紙屑は 燃えるごみです。 紙屑是可燃垃圾。
こめ 【米】 ②	米　　　　　　　　　　　　　　★★ 例 アジア人は 米を 主食として います。 亞洲人以米為主食。

コンサート
【concert】 1 3

音樂會　　　　　　　　　　★

例 彼女の　コンサートの　チケットを
買いました。
買了她的音樂會的門票。

コンピューター
【computer】 3

電腦　　　　　　　　　　★★★

例 新しい　コンピューターを　買いたいです。
想買新電腦。

さ行

▶ MP3-03

さサ

さいご 【最後】 ①	最後，最終；結局 ★★★ 例 あの ドラマの 最後は どう なるんですか。 那部連續劇的結局會變得如何呢？
さいしょ 【最初】 ⓪	最初；首先 ★★★ 例 最初に 彼女の 意見を 聞きたいです。 首先想聽聽她的意見。
さか 【坂】 ②①	斜坡，坡道 例 坂を 上ったところに 出口が あります。 上坡的地方有出口。
さしだしにん 【差出人】 ⓪	寄件人 例 封筒に 差出人は 書いて いません。 信封上沒有寫寄件人。
サラダ 【salad】 ①	沙拉 ★ 例 どんな サラダが お好きですか。 喜歡怎樣的沙拉呢？
さんぎょう 【産業】 ⓪	產業 例 その 国の 主な 産業は 何ですか。 那個國家的主要產業是什麼呢？

サンダル
【sandal】 [0][1]

涼鞋 ★

例 夏に なると サンダルを 履く機会が 多く なります。

一到夏天，穿涼鞋的機會就變多了。

サンドイッチ
【sandwich】 [4]

三明治 ★★

例 息子は 毎朝 サンドイッチを 食べます。

兒子每天早上吃三明治。

しシ

じ
【字】 [1]

字；文字 ★★

例 字が 上手な 人が 羨ましいです。

羨慕字寫得漂亮的人。

しあい
【試合】 [0]

比賽 ★

例 午後から 野球の 試合が あります。

從下午開始有棒球比賽。

しおくり
【仕送り】 [0]

生活費；學費

例 彼女は 毎月 三万円の 仕送りを 受けて います。

她每個月收到三萬日圓的生活費。

しかた
【仕方】 [0]

方法；做法 ★★

例 上手な 部屋の 片付けの 仕方を 教えて ください。

請教我整理房間的好方法。

じきゅう【時給】 ⓪

計時工資，時薪　★★

例 マクドナルドで　アルバイトすると、時給は　いくらですか。

如果在麥當勞打工的話，時薪是多少呢？

じこ【事故】 ①

事故　★★★

例 電車の　事故で　学校に　遅れました。

由於電車事故，上學遲到了。

じしん【地震】 ⓪

地震　★★

例 今朝、軽い　地震が　ありました。

今天早上，發生了輕微的地震。

じだい【時代】 ⓪

時代　★

例 これからは　人工知能の　時代です。

今後是人工智慧的時代。

したぎ【下着】 ⓪

內衣；貼身衣物

例 下着は　毎日　取り換えなければなりません。

內衣必須每天更換。

したく【支度・仕度】 ⓪

準備；整理服裝；準備飯菜　★★

例 母は　晩ご飯の　支度を　して　います。

母親正在準備晚飯。

していせき【指定席】 ②

劃位座　★

例 北海道新幹線は　全席　指定席です。

北海道新幹線全部都是劃位座。

じてん 【辞典】 ⓪	辞典 ★★ 例 昨日、新しい 日華辞典を 買いました。 昨天，買了新的日華辭典。
しなもの 【品物】 ⓪	物品，東西；貨品，商品 ★ 例 この スーパーでは 色々な 品物を 扱って います。 這個超市備齊各式各樣的商品。
しま 【島】 ②	島嶼 ★ 例 日本に 島は いくつ ありますか。 日本有幾個島呢？
しみん 【市民】 ①	市民 例 台北市の 市民は どれぐらいですか。 台北市的市民大約有多少呢？
じむしょ 【事務所】 ②	辦公室 ★★ 例 我が社の 事務所は 新竹に あります。 我們公司的辦公室在新竹。
しゃかい 【社会】 ①	社會 ★★ 例 彼は 学校を 卒業して 社会に 出ました。 他從學校畢業出社會了。
しゃちょう 【社長】 ⓪	社長；總經理 ★★ 例 彼は 今年、会社の 社長に 就任する予定です。 他預定今年就任公司的總經理。

しゃない 【車内】 ①	**車內** ★ 例 車内アナウンスが 流れて います。 車廂內正播放著廣播。
ジャム 【jam】 ①	**果醬** ★ 例 食パンに いちごの ジャムを 付けます。 在土司上塗抹草莓果醬。
しゅうかん 【習慣】 ⓪	**習慣** ★★★ 例 私には 昼寝の 習慣が あります。 我有睡午覺的習慣。
じゅうしょ 【住所】 ①	**地址** ★★ 例 住所を 知らせて ください。 請告訴我地址。
じゆうせき 【自由席】 ②	**自由座** ★ 例 北海道新幹線には 自由席が ありません。 北海道新幹線沒有自由座。
しゅうでん 【終電】 ⓪	**末班電車（「終電車」的略語）** 例 終電は いつですか。 末班電車是什麼時候呢？
じゅうどう 【柔道】 ①	**柔道** 例 弟は 柔道を 習って います。 弟弟正在學柔道。
しゅじん 【主人】 ①	**老公；主人** ★★★ 例 主人は まだ 帰って いません。 老公還沒回來。

しゅみ【趣味】 ①

趣味；興趣 ★★

例 彼女は 趣味の 範囲が 広いです。

她的興趣很廣泛。

しょうがつ【正月】 ④

正月，一月；新年 ★★

例 正月は 実家へ 帰るつもりです。

打算新年回老家。

しょうがっこう【小学校】 ③

國小 ★★

例 姉は 小学校の 先生です。

姉姉是國小老師。

しょうせつ【小説】 ⓪

小説 ★

例 『金閣寺』は 有名な 小説です。

《金閣寺》是有名的小說。

しょくりょうひん【食料品】 ⓪

食品雜貨 ★

例 週に 二回 食料品を 買います。

一週買兩次食品雜貨。

しょしんしゃ【初心者】 ⓪

初學者 ★★

例 この 本は 初心者用です。

這本書是給初學者用的。

じょせい【女性】 ⓪

女性 ★★

例 彼女は 典型的な 日本人女性です。

她是典型的日本女性。

しんきさくせい【新規作成】 ④

新建檔案

例 フォルダの 新規作成が できません。

無法新建資料夾。

しんごう 【信号】 ⓪	號誌 ★★★
	例 <ruby>信号<rt>しんごう</rt></ruby>が <ruby>赤<rt>あか</rt></ruby>に <ruby>変<rt>か</rt></ruby>わりました。
	號誌變紅了。

じんこう 【人口】 ⓪	人口 ★
	例 この <ruby>都市<rt>と し</rt></ruby>は <ruby>人口<rt>じんこう</rt></ruby><ruby>密度<rt>みつ ど</rt></ruby>が <ruby>高<rt>たか</rt></ruby>いです。
	這個城市的人口密度很高。

じんじゃ 【神社】 ①	神社 ★★
	例 <ruby>来週<rt>らいしゅう</rt></ruby>、<ruby>神社<rt>じんじゃ</rt></ruby>に お<ruby>参<rt>まい</rt></ruby>りするつもりです。
	打算下週去參拜神社。

しんぶんしゃ 【新聞社】 ③	報社
	例 <ruby>彼女<rt>かのじょ</rt></ruby>は <ruby>新聞社<rt>しんぶんしゃ</rt></ruby>の <ruby>記者<rt>き しゃ</rt></ruby>です。
	她是報社的記者。

すス

すいえい 【水泳】 ⓪	游泳 ★
	例 <ruby>彼女<rt>かのじょ</rt></ruby>は <ruby>水泳<rt>すいえい</rt></ruby>が <ruby>上手<rt>じょう ず</rt></ruby>です。
	她游泳很厲害。

すいどう 【水道】 ⓪	自來水管 ★
	例 <ruby>水道<rt>すいどう</rt></ruby>の <ruby>蛇口<rt>じゃぐち</rt></ruby>を <ruby>捻<rt>ひね</rt></ruby>りました。
	將自來水的水龍頭轉緊了。

すうがく 【数学】 ⓪	數學 ★
	例 <ruby>父<rt>ちち</rt></ruby>は <ruby>数学学科<rt>すうがくがっ か</rt></ruby>の <ruby>教授<rt>きょうじゅ</rt></ruby>でした。
	父親以前是數學系的教授。

スーツ【suit】 1

西装 ★★

例 面接に 行く時は、スーツを 着た方が いいと 思います。

（我）覺得去面試時穿西裝比較好。

スーツケース【suit case】 4

行李箱 ★★

例 息子は スーツケースを 持って 旅行に 行きました。

兒子拿著行李箱去旅行了。

スーパー 1 スーパーマーケット 5 【supermarket】

超市 ★★★

例 この 町に 小さな スーパーが あります。

這條街上有小超市。

スクリーン【screen】 3

螢幕 ★

例 後ろに 座ると、映画の スクリーンが 見にくいです。

坐在後面的話，電影的螢幕看不清楚。

スタートボタン【start button】 6

開機鈕

例 この 掃除機の スタートボタンは どこですか。

這台吸塵器的開機鈕在哪裡呢？

ステーキ【steak】 2

牛排 ★★

例 今晩は ステーキが 食べたいです。

今晚想吃牛排。

ステレオ【stereo】 ⓪

音響

例 お母さんに ステレオを 買って もらいました。

我請母親買了音響給我。

ストーカー【stalker】 ⓪②

跟蹤狂 ★

例 日本では 2000年から ストーカー法が 施行されて います。

日本自兩千年開始施行跟蹤狂規制法。

すな【砂・沙】 ⓪

沙子

例 何故 砂だらけに なったんですか。

為什麼到處都是沙子呢？

すみ【隅】 ①

角落 ★★

例 扇風機は 部屋の 隅に 置いて あります。

電風扇放在房間的角落。

スリ ①

扒手 ★

例 警察が スリを 捕まえました。

警察抓到了扒手。

せセ

せいきゅうしょ【請求書】 ⑤⓪

帳單，繳費單 ★

例 電話代の 請求書が 届きました。

收到了電話費的繳費帳單。

せいじ【政治】 ⓪

政治　　　　　　　　　★

例 彼女は　日本で　国際政治を　専攻しています。

她在日本主修國際政治。

せいよう【西洋】 ①

西洋

例 西洋料理が　お好きですか。

您喜歡西餐嗎？

せかい【世界】 ①

世界；領域；眼光　　　　★★

例 自分の　世界だけで　物を　考えないでください。

請不要只用自己的眼光考量事情。

せき【席】 ①

座位　　　　　　　　★★★

例 先に　席を　取って　おいて　ください。

請先占位子。

せなか【背中】 ⓪

背部；背面　　　　　　★★

例 昨日、背中が　とても　痛かったです。

昨天，背部非常痛。

せん【線】 ①

線；線路；路線；電線　　　★

例 テキストに　線を　引かないで　ください。

請不要在教科書上畫線。

ぜんき【前期】 ①

前期；前半期；上半期

例 前期の　授業は　今日から　始まります。

前半期的課程從今天開始。

せんそう 【戦争】 ⓪	**戦争** 例 お祖父さんは　戦争に　行ったことが あります。 外公打過仗。
せんぱい 【先輩】 ⓪	**前輩；學長姊** ★★★ 例 彼らは　私の　大学時代の　先輩です。 他們是我大學時期的學長姊。
せんもん 【専門】 ⓪	**專攻；專業** ★★ 例 大学で　数学を　専門に　勉強しました。 在大學主修數學。

そソ

そうべつかい 【送別会】 ④	**歡送會** 例 昨日、彼の　送別会を　開きました。 昨天，舉辦了他的歡送會。
そつぎょう しき 【卒業式】 ③	**畢業典禮** ★★ 例 もうすぐ　長男の　大学の　卒業式です。 馬上就是長男的大學畢業典禮。
そとがわ 【外側】 ⓪	**外側；外部（也說成「外側」）** 例 窓の　外側を　拭いて　ください。 請擦拭窗戶的外側。

| そふ
【祖父】 ① | 祖父，爺爺；外祖父，外公　　　★★★ |
| | 例 祖父は　エンジニアでした。
祖父以前是工程師。 |

| そぼ
【祖母】 ① | 祖母，奶奶；外祖母，外婆　　　★★★ |
| | 例 祖母は　作家でした。
祖母以前是作家。 |

た行

▶ MP3-04

たタ

だいがくせい【大学生】 ③④

大學生 ★★★

例 今年の 九月、弟は 大学生に なりました。

弟弟今年九月成了大學生。

タイプ【type】 ①

類型；款式 ★★

例 どんな タイプの 男性が 好きですか。

喜歡什麼類型的男生呢？

たいふう【台風】 ③

颱風 ★★

例 台風が 台湾南部に 上陸しました。

颱風在台灣南部登陸了。

たく【宅】 ⓪

府上；房子 ★★

例 お宅の 皆様は お元気ですか。

您府上的諸位都好嗎？

たたみ【畳】 ⓪

榻榻米 ★

例 お家には 畳の 部屋は 何部屋 ありますか。

您家裡有幾間鋪榻榻米的房間呢？

たな【棚】 ⓪

架子；棚架；支架 ★★

例 祖父は 糸瓜の 棚を 作りました。

爺爺架了絲瓜棚。

たのしみ【楽しみ】3 4

樂趣；期待　★★★

例 私の　楽しみは　生け花です。
我的樂趣是插花。

たべほうだい【食べ放題】3

吃到飽　★★

例 ここは　食べ放題ですから、どんどん
食べて　ください。
因為這裡是吃到飽，所以請儘量吃。

ため【為】2

原因；目的；利益　★★

例 台風の　ため、旅行は　延期に
なりました。
因為颱風，所以旅行延期了。

だんせい【男性】0

男性；男生　★★

例 男性の　髪型も　種類が　多いです。
男生的髮型種類也很多。

だんぼう【暖房】0

暖氣　★★

例 寒いから、暖房を　つけて　ください。
因為很冷，所以請開暖氣。

ちチ

ち【血】0

血液；血緣；血統　★

例 彼女は　血も　涙も　ない　女です。
她是個沒血沒淚的女人。

ちかみち 【近道】 ②	近路；捷徑　　　　　　　　　　　　★★ 例 会社に 行くには この 道が 近道です。 到公司這條路是捷徑。
ちから 【力】 ③	力氣；體力；能力；力量　　　　　　　★★ 例 団結は 力なり。 團結就是力量。
ちかん 【痴漢】 ⓪	色狼 例 痴漢に 遭ったことが ありますか。 曾經遇到過色狼嗎？
ちゅうがっこう 【中学校】 ③	國中（可以簡稱為「中学」）　　　　★★ 例 姉は 中学校の 校長先生です。 姊姊是國中校長。
ちゅうしゃ いはん 【駐車違反】 ④	違規停車 例 駐車違反の 罰金は 高いですか。 違規停車的罰款高嗎？
ちゅうしゃ じょう 【駐車場】 ⓪	停車場　　　　　　　　　　　　　　★★ 例 この 近くに 駐車場が ありますか。 這附近有停車場嗎？
ちり 【地理】 ①	地理 例 台湾の 地理を 研究して います。 研究著台灣的地理。

つツ

つうこうどめ 【通行止め】 ⓪	禁止通行 例 この 通りは 工事中で 通行止めです。 這條馬路因為正在施工，所以禁止通行。
つうちょう 【通帳】 ⓪	存摺 例 郵便局で 通帳記入しました。 在郵局補登存摺。
つき 【月】 ②	月亮 ★★ 例 月が 出ましたか。 月亮出來了嗎？
つごう 【都合】 ⓪	情況；方便 ★★ 例 都合に より、明日は 休業致します。 因故明天停業。
つま 【妻】 ①	妻子 ★★★ 例 妻が 実家へ 帰りました。 妻子回娘家了。
つまみ 【摘み・摘まみ】 ⓪	下酒菜；小菜 ★★ 例 この お摘みは とても 美味しいです。 這下酒菜非常好吃。
つめ 【爪】 ⓪	指甲 ★ 例 犬の 足の 爪を 切りました。 剪了狗的指甲。

つもり [0]	打算；意圖 ★★ 例 来週、日本へ 帰るつもりです。 打算下週回日本。
つり 【釣り・釣】 [0]	零錢 ★★★ 例 お釣りは 結構です。 零錢不用找了。

てテ

テキスト [1][2] テキストブック [5] 【textbook】	教科書 ★★ 例 この テキストは 読みやすいです。 這本教科書容易閱讀。
デスクトップ [4] デスクトップ パソコン [7] 【desktop personal computer】	桌上型電腦 例 家では デスクトップを 使いますか。 在家使用桌上型電腦嗎？
テニス 【tennis】 [1]	網球 例 テニスの 試合を 見て います。 正在看網球比賽。
テニスコート 【tennis court】 [4]	網球場 例 学校の テニスコートは かなり 広いです。 學校的網球場相當寬敞。

てぶくろ【手袋】 ②

手套 ★

例 寒いから、手袋を 嵌めましょう。

因為很冷，所以戴上手套吧！

てまえ【手前】 ⓪

面前

例 手前に あるお菓子を 食べて
ください。

請吃面前的點心。

てもと【手元・手許】 ③

身邊；手頭

例 かばんは いつも 手元に 置いて
ください。

請將包包一直放在身邊。

てら【寺】 ②⓪

寺廟 ★★

例 京都には、お寺が いくつ ありますか。

京都的寺廟有多少間呢？

てん【点】 ⓪

點；標點；分數；方面 ★

例 この 点に ついては、どう 思いますか。

關於這一點，（你）覺得如何呢？

てんいん【店員】 ⓪

店員 ★★

例 この 店の 店員は 親切です。

這家店的店員很親切。

てんきよほう【天気予報】 ④

天氣預報 ★★

例 天気予報に よると、明日は 晴れです。

根據天氣預報，明天是晴天。

でんとう【電灯】 ⓪

電燈

例 電灯を 消して ください。
請關燈。

テンプラ・てんぷら【天ぷら・天麩羅】 ⓪

天婦羅 ★

例 エビの 天ぷらが 私の 大好物です。
炸蝦天婦羅是我的最愛。

でんぽう【電報】 ⓪

電報

例 その ニュースを 彼女に 電報で 知らせました。
用電報通知她那則消息了。

てんらんかい【展覧会】 ③

展覽會

例 明日、展覧会を 見に 行くつもりです。
明天，打算參觀展覽會。

とト

どうぐ【道具】 ③

道具；工具 ★★

例 釣り道具を 持って いますか。
有釣魚的工具嗎？

どうぶつえん【動物園】 ④

動物園 ★★

例 子供達を 連れて 動物園へ 行きます。
帶小孩們去動物園。

とおく【遠く】 ③

遠處 ★★

例 遠くの　スーパーまで　買い物に　行きました。

到遠處的超市去買東西了。

とおり【通り】 ③

馬路；來往 ★★

例 家の　前に　通りが　あります。

我家前面有馬路。

とき【時】 ②

時間；時刻；時辰 ★★★

例 時は　金なり。

時間就是金錢。

とくばいひん【特売品】 ⓪

特賣品

例 あの　店の　今週の　特売品は　帽子です。

那家店本週的特賣品是帽子。

とこや【床屋】 ⓪

理髮店 ★

例 床屋で　髪を　剃りました。

在理髮店剃了頭髮。

とし【年】 ②

年齡；歲月 ★★

例 母は　もう　年を　取りました。

母親已經上了年紀。

とちゅう【途中】 ⓪

路上，途中；中途，半路 ★★

例 帰りの　途中で　林さんに　会いました。

回家途中遇到了林小姐。

とっきゅう 【特急】 ⓪	特快車 ★
	例 特急で 京都へ 行きたいです。
	想搭特快車到京都。

どろぼう 【泥棒】 ⓪	賊，小偷 ★
	例 昨夜、会社に 泥棒が 入りました。
	昨晚，公司遭小偷了。

な行

▶ MP3-05

なナ

**ナイロン
【nylon】** 1

尼龍

例 ナイロンは 非常に 丈夫な 衣料です。

尼龍是相當耐用的衣料。

にニ

**におい
【匂い・臭い】** 2

氣味；香味　　　　★★

例 この 部屋は いい 匂いが して
いますね。

這個房間有一種香味耶！

**にかいだて
【二階建て】** 0

兩層建築物　　　　★

例 二階建ての 家に 住んで います。

住在兩層樓的房子。

**にっき
【日記】** 0

日記　　　　★

例 毎日、日記を 付けます。

每天寫日記。

**にゅうもん
こうざ
【入門講座】** 5

入門課程

例 ラジオの 英語入門講座を 聞いたことが
あります。

收聽過廣播的英語入門課程。

にんぎょう【人形】 ⓪

娃娃；玩偶　★

例 あの　女の子は　人形みたいに　可愛いです。

那個女孩像娃娃一樣可愛。

ねネ

ねだん【値段】 ⓪

價格　★★

例 あの　車は　値段が　高そうです。

那輛車子的價格看起來好像很貴。

ねつ【熱】 ②

熱；熱力；熱心；發燒　★★

例 息子は　熱が　あって　学校へ　行けないです。

兒子發燒了無法去上學。

のノ

ノートパソコン【notebook personal computer】 ④

筆記型電腦

例 小さい　ノートパソコンが　好きです。

喜歡小的筆記型電腦。

のど【喉】 ①

喉嚨　★

例 喉が　渇いたので、水が　飲みたいです。

因為喉嚨很渴，所以想喝水。

のみほうだい
【飲み放題】 3

喝到飽 ★★

例 <u>飲み放題</u>の　店で　たくさん　飲みました。

在喝到飽的店裡喝了很多。

のりもの
【乗り物・乗物】 0

交通工具 ★★★

例 どんな　<u>乗り物</u>で　行きますか。

搭乘什麼交通工具去呢？

は行 ▶ MP3-06

はハ

は 【葉】 0	葉子 例 紅葉の 葉を たくさん 拾ったんです。 撿了很多楓樹的葉子。
ばあい 【場合】 0	場合；情況；時候 ★★★ 例 今は 遊んで いる場合では ありませんよ。 現在可不是玩的時候喔！
バーゲン 1 バーゲン セール 5 【bargain (sale)】	特賣；拍賣 ★ 例 クリスマスバーゲンは 来週からです。 聖誕節特賣從下週開始。
パート 0 1 パート タイム 4 【part (time)】	打工 ★ 例 弟は コンビニで パートを して います。 弟弟在便利商店打工。
はいしゃ 【歯医者】 1	牙醫 ★ 例 明日、歯医者に 行きますか。 明天，要去看牙醫嗎？
はず 0	應該；的確 ★★ 例 彼女は 今年、大学を 卒業するはずです。 她今年應該會從大學畢業。

パソコン [0]
パーソナルコンピューター [8]
【personal computer】

個人電腦 ★★★

例 パソコンで 論文を 書きます。

用電腦寫論文。

はつおん
【発音】 [0]

發音 ★

例 日本語の 発音を 習って います。

正在學習日語的發音。

パトカー
[3][2]

警車；巡邏車 ★★

例 パトカーが 事故現場に 来ました。

警車來到了事故現場。

はなみ
【花見】 [3]

賞花 ★

例 花見で 京都に 来ました。

為了賞花來到了京都。

はやし
【林】 [3][0]

樹林

例 私の 家の 後ろに 綺麗な 林が あります。

我家後面有美麗的樹林。

ばんぐみ
【番組】 [0]

節目 ★★

例 今晩、新しい バラエティ番組を 見たいです。

今晚，想看新的綜藝節目。

ばんせん
【番線】 [0]

第〜月台 ★

例 二番線から 台北行きの 特急が 出ます。

開往台北的特快車將從第二月台發車。

| ばんち
【番地】 0 | 門牌號碼 |
| | 例 お宅は 何番地ですか。
府上的門牌號碼是幾號呢？ |

| ハンドバッグ
【handbag】 4 | 手提包 ★★ |
| | 例 ハンドバッグを 会社に 忘れて
しまいました。
把手提包忘在公司了。 |

ひヒ

| ひ
【日・陽】 0 | 太陽；陽光；白天；日子 ★★★ |
| | 例 今日は 日が 強いです。
今天陽光很強。 |

| ひ
【火】 1 | 火；火焰 ★★ |
| | 例 火を つけて ください。
請點火。 |

| ピアノ
【(義) piano】0 | 鋼琴 ★★ |
| | 例 息子は ピアノが 上手に 弾けます。
兒子很會彈鋼琴。 |

| ひかり
【光】 3 | 光；光芒；光明 ★★ |
| | 例 今日は 太陽の 光が 強いです。
今天陽光很強。 |

ひきだし 【引き出し・引出し・引出】 ⓪

抽屜 ★★

例 鉛筆を　引き出しの　中に　入れました。

把鉛筆放進了抽屜裡。

ひげ 【髭・髯・鬚】 ⓪

鬍鬚

例 父は　毎朝、ひげを　剃ります。

父親每天早上刮鬍子。

ひこうじょう 【飛行場】 ⓪

機場 ★

例 この　飛行場は　広くて　綺麗です。

這座機場又寬敞又漂亮。

びじゅつかん 【美術館】 ③

美術館

例 市立美術館は　あの　町に　あります。

市立美術館仕那條街上。

ひつよう 【必要】 ⓪

必要；必須 ★★

例 彼女を　待つ必要は　ないと　思います。

（我）覺得沒必要等她。

ビル ①　ビルディング ① 【building】

大樓 ★★★

例 この　ビルは　とても　高くて　立派です。

這棟大樓非常高又氣派。

ひるま 【昼間】 ③

白天 ★★

例 昼間の　うちに、宿題を
やり終えましょう。

在白天裡把作業寫完吧！

ひるやすみ 【昼休み】 ③	午休	★★
	例 昼休みは 何時から 何時までですか。 午休是從幾點到幾點呢？	

ふフ

ファイル 【file】 ①	文件夾；檔案；卷宗	★★
	例 添付ファイルを 送りました。 傳送附件檔了。	

ぶちょう 【部長】 ⓪	部長	★
	例 会計部の 部長は 誰ですか。 會計部門的部長是誰呢？	

ぶどう 【葡萄】 ⓪	葡萄	★
	例 葡萄ジュースを 作りました。 做了葡萄果汁。	

ふとん 【布団・蒲団】⓪	床墊；被子	★★
	例 もう 布団を 敷きました。 已經鋪好被子了。	

ふね 【船・舟】 ①	船，舟	★
	例 船で 沖縄へ 行きます。 搭船去沖繩。	

ブログ 【blog】 ⓪①	部落格	★★
	例 ブログを 更新しました。 更新了部落格。	

ぶんか 【文化】 ①	文化　　　　　　　　　　　　　★ 例 日本文化に　興味が　あります。 對日本文化有興趣。
ぶんがく 【文学】 ①	文學　　　　　　　　　　　　　★ 例 日本文学には、全然　興味が　ありません。 對日本文學完全沒有興趣。
ぶんぽう 【文法】 ⓪	文法　　　　　　　　　　　　★★ 例 日本語の　文法を　研究して　います。 正在研究日語文法。

へへ

べつ 【別】 ⓪	另外；其他；例外　　　　　　★★ 例 また　別の　日に　会いましょう。 改天再碰面吧！
ベル 【bell】 ①	鈴聲 例 授業開始の　ベルが　鳴りました。 上課鐘響了。
ヘルパー 【helper】⓪①	幫手；看護　　　　　　　　　　★ 例 北海道の　農家が　ヘルパーを 利用して　いるそうです。 聽説北海道的農家會使用幫手。

ほホ

ぼうえき 【貿易】 ⓪

貿易 ★

例 息子は　国際貿易学科で　勉強して
います。

兒子唸國貿系。

ほうりつ 【法律】 ⓪

法律 ★

例 娘は　法律学科の　学生です。

女兒是法律系的學生。

ホームページ 【homepage】 ④

網頁 ★★

例 ホームページの　作り方を　習って　います。

正在學習製作網頁的方法。

ほし 【星】 ⓪

星星 ★★

例 今晩は　星が　綺麗です。

今晚的星星很漂亮。

ま行

▶ MP3-07

まマ

マウス 【mouse】 ①	老鼠；滑鼠　　　　　　　　　★★ 例 コンピューターの　マウスが　壊れました。 電腦的滑鼠壞了。
まつり 【祭り・祭】 ⓪	祭典；廟會　　　　　　　　　★★ 例 来週の　火曜日は　お祭りの　日です。 下週二是祭典的日子。
まま 【儘】 ②	～就～；任憑～　　　　　　　★★★ 例 靴の　まま　入っても　いいですか。 可以穿鞋進去嗎？
まわり 【周り・回り】 ⓪	周圍；周長　　　　　　　　　★★ 例 学校の　周りに　木が　たくさん あります。 學校周圍有很多樹木。
まんが 【漫画】 ⓪	漫畫　　　　　　　　　　　　★★ 例 日本は　「漫画王国」と　言われて います。 日本被稱為「漫畫王國」。
まんなか 【真ん中】 ⓪	正中間　　　　　　　　　　　★★ 例 彼女は　教室の　真ん中に　座って います。 她坐在教室的正中間。

みミ

みずうみ 【湖】 ②③

湖

例 台湾で 一番 大きな 湖は 「日月潭」です。

在台灣最大的湖是「日月潭」。

みそ 【味噌】 ①

味噌 ★★

例 味噌で 味付けします。

用味噌調味。

みなと 【港】 ⓪

港口，碼頭

例 船が もうすぐ 港から 出て いきます。

船即將從港口出航。

みまい 【見舞い・見舞】 ⓪

探望 ★★

例 明日、入院中の 友達の お見舞いに 行きます。

明天要去探望住院中的朋友。

みやげ 【土産】 ⓪

禮物；當地名產 ★★★

例 どんな お土産を お探しですか。

您在找怎樣的禮物呢？

むム

むかし 【昔】　⓪	從前，以前，昔日　　　　　　　　　　★ 例 この 博物館は 全て 昔の まま 残って います。 這座博物館完全保留著昔日的模樣。
むし 【虫】　⓪	蟲子；昆蟲；害蟲 例 あの 鳥は 虫を 食べて います。 那隻鳥正在吃蟲。
むすこ 【息子】　⓪	①兒子；女婿　　　　　　　　　　★★★ ②「息子さん」表示「對方的兒子」 例 ①息子は 学校の 近くに 住んで います。 兒子住在學校附近。 ②息子さんは 学校の 近くに 住んで いますか。 令郎住在學校附近嗎？
むすめ 【娘】　③	①女兒；姑娘　　　　　　　　　　★★★ ②「娘さん」表示「對方的女兒」 例 ①私には、娘が 二人 います。 我有兩個女兒。 ②娘さんは 料理が 上手です。 令嬡很會做菜。

むら 【村】　2	村子，村莊，村落　★★
	例 この　村(むら)には　若(わか)い　人(ひと)が　いません。
	這個村子裡沒有年輕人。

めメ

メール 【mail】　0 1 イーメール 【e-mail】　3	郵件　★★
	例 あなたからの　メールが　届(とど)きました。
	收到你寄來的郵件了。

メール アドレス 【mail address】　4 イーメール アドレス 【e-mail address】　6	電子信箱　★★
	例 あなたの　メールアドレスを　教(おし)えて ください。
	請告知您的信箱地址。

もモ

もめん 【木綿】 ⓪	棉花；棉線

例 姉<small>あね</small>に　木綿<small>もめん</small>の　ハンカチを　もらいました。
從姊姊那兒得到了棉質的手帕。

もり 【森】 ⓪	森林；樹林

例 森<small>もり</small>の　中<small>なか</small>に、綺麗<small>きれい</small>な　花<small>はな</small>が　たくさん
あります。
森林中有許多漂亮的花。

や行

▶ MP3-08

ゆ ユ

ゆ【湯】 1

熱水；洗澡水；溫泉　★★

例 湯が　沸きました。

水煮開了。

ユーモア【humor】 1 0

幽默　★★

例 林先生は　とても　ユーモアの　センスが
あります。

林老師非常有幽默感。

ゆび【指】 2

指；趾　★★

例 手の　指の　関節が　痛いです。

手指的關節痛。

ゆびわ【指輪】 0

戒指　★

例 もう　結婚指輪を　準備しました。

已經準備了結婚戒指。

ゆめ【夢】 2

夢；夢想　★★

例 夕べ、悪い　夢を　見ました。

昨晚，做了惡夢。

よヨ

よう 【用】 1	要事；事情；用途	★★

例 何の　用ですか。
有什麼事嗎？

ようじ 【用事】 0	事情；事情的內容	★★

例 大事な　用事が　ありますか。
有要緊的事情嗎？

よてい 【予定】 0	預定	★★

例 京都には　五日間　滞在する予定です。
預定在京都待五天。

ら行

▶ MP3-09

らラ

ラップ
【rap】　⓪

饒舌歌

例 ラップが　あんまり　好きでは　ありません。
不太喜歡饒舌歌。

りリ

りゆう
【理由】　⓪

理由　　　　　　　　　　　★★★

例 学校に　行きたくない　理由は　何ですか。
不想去上學的理由是什麼呢？

りょうほう
【両方】　③⓪

兩者；兩方，雙方；兩側　　　★★

例 猫も　犬も　両方とも　好きです。
貓狗兩者都喜歡。

りょかん
【旅館】　⓪

旅館　　　　　　　　　　　　★

例 今夜は　旅館に　泊まります。
今晚住旅館。

るル

るす
【留守】　①

外出；不在家；看家　　　　★★

例 留守中に　謝さんが　電話して　きました。
不在時，謝小姐打電話來了。

れレ

れい 【礼】 [0] [1]	①謝意；謝禮；謝辭 ②禮儀；敬禮　★★★ 例 ①これは　お礼の　手紙です。 這是表達謝意的信件。 ②「起立、礼、着席」。 「起立、敬禮、坐下」。
れいぼう 【冷房】 [0]	冷氣　★★ 例 この　家には　冷房が　ありません。 這間屋子沒有冷氣。
れきし 【歴史】 [0]	歴史　★★ 例 この　骨董には　古い　歴史が　あります。 這件骨董有悠久的歴史。
レジ　[1] **レジスター**　[2][3] 【register】	收銀台　★★ 例 レジで　勘定して　ください。 請在收銀台結帳。
レポート 【report】[2][0]	報告；報導　★★ 例 この　レポートは　木曜日までに 提出しなければ　なりません。 這個報告必須在週四前提交。

わ行

▶ MP3-10

わワ

わけ 【訳】 ⬚1	原因，理由；意思；內容　　　　★★★
	例 授業に　遅れた訳は　何ですか。 じゅぎょう　おく　　わけ　なん 上課遲到的理由是什麼呢？

わすれもの 【忘れ物】 ⬚0	遺失物　　　　　　　　　　　　　★★
	例 この　傘は　誰の　忘れ物ですか。 かさ　だれ　わす　もの 這把傘是誰的遺失物呢？

わりあい 【割合】 ⬚0	比例，比率　　　　　　　　　　　　★
	例 この　学校の　女子学生の　占める割合は がっこう　じょしがくせい　し　わりあい 二十 ％ です。 にじゅっパーセント 這所學校的女學生所占比例是百分之二十。

▶ MP3-11

かのじょ 【彼女】 ①	她；女朋友 ★★★ 例 彼女_{かのじょ}は 歌手_{かしゅ}です。 她是歌手。
かれ 【彼】 ①	他；男朋友 ★★★ 例 彼_{かれ}は 俳優_{はいゆう}です。 他是演員。
かれし 【彼氏】 ①	男朋友 ★★ 例 今_{いま}、彼氏_{かれし}は いません。 現在，沒有男朋友。
かれら 【彼ら・彼等】①	他們 例 彼_{かれ}らは みんな 私_{わたし}の クラスメートです。 他們都是我的同學。
きみ 【君】 ⓪	男性對同輩或晚輩的暱稱 ★★ 例 君_{きみ}は どんな 料理_{りょうり}が 好_すきですか。 你喜歡吃什麼料理呢？
こっち ③	這邊；這裡；這位；這個 ★★ （N5 當中代名詞「こちら」的口語用法） 例 こっちを 見_みなさい。 看這邊。
ぼく 【僕】 ①	男性自稱 ★★★ 例 僕_{ぼく}は 甘_{あま}い 物_{もの}が 嫌_{きら}いです。 我討厭甜食。

メモ

4-2
形容詞

新日檢 N4 當中，以「い」結尾的「形容詞」占了 3.19%。如「浅い（淺的）、深い（深的）」、「嬉しい（高興的）、悲しい（悲傷的）」、「厳しい（嚴厲的）、優しい（親切的）」⋯⋯等，都是 N4 考生必須熟記的基礎必考單字。

あさい 【浅い】 ⓪②	①淺的②膚淺的　　　　　　★
	例 ①この　川^{かわ}は　浅^{あさ}いです。 這條河很淺。 ②彼女^{かのじょ}は　考^{かんが}えが　浅^{あさ}いです。 她的想法很膚淺。

うつくしい 【美しい】④	①美麗的，好看的②好聽的　　★★
	例 ①庭^{にわ}の　花^{はな}が　美^{うつく}しいです。 院子裡的花很美。 ②佐藤先生^{さとうせんせい}は　声^{こえ}が　美^{うつく}しいです。 佐藤老師的聲音很好聽。

うまい 【旨い・美味い・ 巧い・上手い】②	①好吃的②好的；高明的　　★★★
	例 ①この　料理^{りょうり}は　うまいです。 這道菜很好吃。 ②彼^{かれ}は　日本語^{にほんご}が　上手^{うま}いです。 他的日語很好。

うるさい 【煩い・ 五月蠅い】③	①話多的；嘮叨的②吵鬧的　　★★
	例 ①お祖父^{じい}さんは　うるさいです。 爺爺很嘮叨。 ②うるさいから、静^{しず}かに　して　ください。 因為太吵了，所以請安靜！

うれしい 【嬉しい】 ③	高興的，歡喜的　　　　　★★★ 例 この　ニュースを　<ruby>聞<rt>き</rt></ruby>いて、 <ruby>嬉<rt>うれ</rt></ruby>しかったです。 很高興聽到這則消息。 （註：「<ruby>嬉<rt>うれ</rt></ruby>しい」用於陳述自己的心情，如果形容第三者 的感受則用「<ruby>喜<rt>よろこ</rt></ruby>ぶ」。）
おかしい 【可笑しい】 ③	①好笑的；滑稽的；奇怪的②不正常的　　★★ 例 ①<ruby>彼<rt>かれ</rt></ruby>は　おかしい　ことを　<ruby>言<rt>い</rt></ruby>いました。 他說了奇怪的事。 ②<ruby>今日<rt>きょう</rt></ruby>は　<ruby>体<rt>からだ</rt></ruby>の　<ruby>調子<rt>ちょうし</rt></ruby>が　<ruby>少<rt>すこ</rt></ruby>し おかしいです。 今天身體的狀況有點不正常。

か行

▶ MP3-13

かたい 【硬い・固い・ 堅い】 ⓪②	①硬的②頑固的③堅決的　　　　　★ 例 ①この　<ruby>肉<rt>にく</rt></ruby>は　<ruby>硬<rt>かた</rt></ruby>くて　<ruby>食<rt>た</rt></ruby>べられません。 這肉硬硬的沒辦法吃。 ②お<ruby>祖母<rt>ばあ</rt></ruby>さんは　<ruby>頭<rt>あたま</rt></ruby>が　<ruby>固<rt>かた</rt></ruby>いです。 奶奶的頭腦很頑固。 ③<ruby>彼<rt>かれ</rt></ruby>は　<ruby>意志<rt>いし</rt></ruby>が　<ruby>堅<rt>かた</rt></ruby>いです。 他意志很堅決。

かなしい【悲しい・哀しい】 ⓪③

①悲傷的②遺憾的　　　　　　　　★★

例 ①こんな 悲^{かな}しい 歌^{うた}を 歌^{うた}わないで ください。
請不要唱如此悲傷的歌。

②悲^{かな}しい ことに お金^{かね}が ないです。
遺憾的是沒有錢。

きびしい【厳しい】 ③

嚴格的，嚴厲的　　　　　　　　★★

例 私^{わたし}は 自分^{じぶん}に 対^{たい}して 厳^{きび}しいです。
我對自己很嚴格。

こまかい【細かい】 ③

細小的；零碎的　　　　　　　　★

例 お札^{さつ}を 細^{こま}かく して ください。
請將鈔票換成零錢。

こわい【怖い・恐い】 ②

可怕的；害怕的　　　　　　　　★★

例 私^{わたし}は 犬^{いぬ}が 怖^{こわ}いです。
我怕狗。

さ行

▶ MP3-14

さびしい【寂しい・淋しい】 ③

①孤單的；寂寞的②冷清的；荒涼的　★★

例 ①一人暮^{ひとりぐ}らしは 寂^{さび}しいです。
一個人過日子很孤單。

②この 山^{やま}の 景色^{けしき}は 寂^{さび}しいです。
這座山的景色很荒涼。

| すごい【凄い】 ② | ①厲害的 ②驚人的；了不起的 ★★★ |
| | 例 ①今朝、すごい 雨でした。
今天早上雨勢滂沱。

②彼女は すごい 美人です。
她可是絕世美女。 |

| すばらしい【素晴らしい】 ④ | 驚人的；了不起的 ★★ |
| | 例 彼女は 韓国語が 素晴らしく 上手です。
她的韓語非常好。 |

た行

▶ MP3-15

| ただしい【正しい】 ③ | 正確的；正直的；合理的 ★★ |
| | 例 林さんの 意見は 正しいです。
林小姐的意見很對。 |

な行

▶ MP3-16

| にがい【苦い】 ② | 苦的；痛苦的 ★ |
| | 例 この 薬は 苦いですか。
這藥苦嗎？ |

| ねむい【眠い】 ⓪② | 想睡的 ★★ |
| | 例 ご飯を 食べると 眠く なります。
只要一吃飯，就會變得想睡覺。 |

ねむたい 【眠たい】[0][3]	疲睏的 ★★
	例 十時間　働き続けて、眠たいです。
	連續工作了十個小時，十分疲睏。

は行

▶ MP3-17

はずかしい 【恥ずかしい】[4]	害羞的；羞愧的，慚愧的 ★★
	例 褒められて、恥ずかしく　なりました。
	因為被誇獎，所以覺得很害羞。

ひどい 【酷い】[2]	①厲害的；嚴重的②倒楣的 ★★
	例 ①今朝、ひどい　雨でした。
	今天早上雨勢滂沱。
	②今日は　ひどい　目に　あいました。
	今天真是倒楣！

ふかい 【深い】[2]	①深的②深色的 ★
	例 ①この　川は　深いです。
	這條河很深。
	②深い　色の　服が　嫌いです。
	討厭深色的衣服。

ま行

▶ MP3-18

めずらしい【珍しい】 ④

珍奇的；罕見的　　　　　　　　　　★★

例 この　鳥類センターには、色々な
珍しい　鳥が　います。

這座鳥園中心有很多珍奇的鳥。

や行

▶ MP3-19

やさしい【優しい】 ⓪③

溫柔的；溫和的；親切的　　　　　　★★

例 大城先生は　学生に　優しいです。

大城老師對學生很親切。

やわらかい【軟らかい・柔らかい】 ④

①柔軟的②溫和的③靈活的　　　　　★

例 ①子供は　体が　軟らかいです。

小孩子身體很柔軟。

②母は　性格が　柔らかいです。

母親個性很溫和。

③お祖父さんは　頭が　柔らかいです。

爺爺頭腦很靈活。

よろしい【宜しい】 ③⓪

好的；可以的；妥當的（「良い」的美化語）

例 いつ　都合が　宜しいですか。

何時方便呢？

メモ

4-3

形容動詞

　　新日檢 N4 當中，以「な」結尾的「形容動詞」占了
3.57%。如「大きな（大的）、小さな（小的）」、「簡単な（簡
單的）、複雑な（複雜的）」、「特別な（特別的）、普通な（普
通的）」……等，較 N5 更為繁瑣，用法非常特別，好好認識這
些身分特殊的基礎必考單字吧！

形容動詞的活用

　　形容動詞的原形，字尾是「だ」，在字典上只標示「語幹」，如「好き
だ（喜歡）」只標示「好き」。

　　其語尾變化，共可區分為五種型態：

（一）未然形：（推測肯定常體）例：好きだろう。（喜歡吧！）

　　　　　　　（推測肯定敬體）例：好きでしょう。（喜歡吧！）

（二）連用形：①（否定常體）例：好きではない。（不喜歡。）

　　　　　　　（否定敬體）例：好きではありません。（不喜歡。）

　　　　　　　（過去否定常體）例：好きではなかった。（不喜歡。）

　　　　　　　（過去否定敬體）例：好きではありませんでした。

　　　　　　　　　　　　　　　　　　　　　　（不喜歡。）

　　　　　　　②で（中止接續）例：好きで（喜歡）

　　　　　　　③（過去常體）例：好きだった。（曾經喜歡。）

　　　　　　　（過去敬體）例：好きでした。（曾經喜歡。）

　　　　　　　④に（副詞肯定常體）例：好きになった。（喜歡上了。）

　　　　　　　　に（副詞肯定敬體）例：好きになりました。

　　　　　　　　　　　　　　　　　　　　　　（喜歡上了。）

（三）終止形：（肯定常體）例：好きだ。（喜歡。）

　　　　　　　（肯定敬體）例：好きです。（喜歡。）

（四）連體形：去だ+な+人（人）、こと（事）、とき（時）、ところ（地）、
　　　　　　　もの（物）或其他名詞。例：好きな人（喜歡的人）

（五）假定形：去だ+なら（ば）……。例：好きなら（ば）……（如果喜
　　　　　　　歡的話……）

※ 形容動詞本身常常可以當成「名詞」來使用，如「安全ベルト（安全帶）」、
「普通列車（普通車）」……等。

あ行

▶ MP3-20

あんぜん【安全】 ⓪

安全；保險 ★★

例 安全ベルトを 締めて ください。
請繫上安全帶。

いっぱん【一般】 ⓪

一般，普通 ★

例 この 作家は 一般に よく 知られて
います。
這位作家人盡皆知。

おおきな【大きな】 ①

人的

例 庭に 大きな 石が あります。
院子裡有大石頭。

か行

▶ MP3-21

かんたん【簡単】 ⓪

簡單 ★★

例 この 料理は 作り方が 簡単です。
這道菜的作法很簡單。

きけん【危険】 ⓪

危險；危急 ★★

例 この 病人は 危険な 状態に
なりました。
這位病人情況變得很危急。

きゅう 【急】　0	緊急；危急；突然　★★
	例 <ruby>急<rt>きゅう</rt></ruby>な　<ruby>仕事<rt>しごと</rt></ruby>で　<ruby>行<rt>い</rt></ruby>けなく　なって しまいました。 因為有緊急的工作，所以沒法去了。

さ行

▶ MP3-22

さかん 【盛ん】　0	繁盛；盛行；熱烈；頻繁
	例 この　<ruby>学校<rt>がっこう</rt></ruby>は　スポーツが　<ruby>盛<rt>さか</rt></ruby>んです。 這所學校運動很盛行。

ざんねん 【残念】　3	遺憾，可惜；悔恨　★★★
	例 <ruby>一緒<rt>いっしょ</rt></ruby>に　<ruby>行<rt>い</rt></ruby>けなくて　<ruby>残念<rt>ざんねん</rt></ruby>です。 沒法一起去真是可惜。

じゃま 【邪魔】　0	①妨礙②妨礙；打擾；拜訪（當動詞用）　★★★
	例 ①<ruby>私達<rt>わたしたち</rt></ruby>の　<ruby>話<rt>はなし</rt></ruby>の　<ruby>邪魔<rt>じゃま</rt></ruby>を　しないで ください。 請不要妨礙我們的談話。 ②あなたの　ところに　お<ruby>邪魔<rt>じゃま</rt></ruby>しても いいですか。 方便去你那兒打擾嗎？

じゆう 【自由】　2	自由；隨意；任性　★
	例 ご<ruby>自由<rt>じゆう</rt></ruby>に　お<ruby>取<rt>と</rt></ruby>り　ください。 請隨意拿。

しんせつ【親切】①	親切 ★★
	例 大城先生は 学生に 親切です。 大城老師對學生很親切。

ソフト【soft】①	①柔軟；溫柔②軟體；霜淇淋（當名詞用） ★
	例 ①彼女の 言い方は とても ソフトです。 她説話的方式非常溫柔。 ②この ソフトは とても 人気が あります。 這個軟體非常受歡迎。

た行

▶ MP3-23

だいきらい【大嫌い】①	最討厭
	例 私は 酒が 大嫌いです。 我最討厭酒。

だいじ【大事】③⓪	謹慎；大事；保重 ★★★
	例 お体を 大事に して ください。 請保重身體。

たしか【確か】①	確實，可靠；準確 ★
	例 彼女の 日本語は 確かです。 她的日文很標準。

だめ【駄目】②	無用，白費；無望；不行；劣質 ★★★
	例 会社に 遅刻するのは 駄目ですよ。 上班遲到是不行的喔！

ちいさな【小さな】 ①	小的
	例 母は 小さな かばんを 持って います。 媽媽拿著小包包。

ていねい【丁寧】 ①	謹慎；仔細；有禮貌 　　　　　　　★★★
	例 彼は 丁寧に 挨拶しました。 他有禮貌地問了好。

てきとう【適当】 ⓪	適當；適合；正好；敷衍
	例 この 仕事には 彼が 適当です。 這份工作很適合他。

とくべつ【特別】 ⓪	特別；格外 　　　　　　　　　★★
	例 私に とって あなたは 特別な 人です。 對我而言，你是個特別的人。

な行

▶ MP3-24

ねっしん【熱心】 ①③	熱心；認真
	例 この 先生は クラブ活動に 熱心です。 這位老師對社團活動很熱心。

は行

ひさしぶり 【久し振り】 0 5	隔了好久　★★
	例 今日は　久し振りに　動物園へ　行って みましょう。 好久沒去動物園了，今天去走走吧！

ふくざつ 【複雑】　0	複雑　★
	例 私は　複雑な　気持ちに　なりました。 我的心情變得很複雜。

ふつう 【普通】　0	普通　★
	例 普通列車に　乗って　新竹へ　行きます。 我要搭普通車去新竹。

ふべん 【不便】　1	不方便　★★
	例 彼女は　交通の　不便な　ところに 住んで　います。 她住在交通不方便的地方。

へん 【変】　1	奇怪；異常　★★
	例 この　料理は　変な　味が　します。 這道菜味道怪怪的。

まじめ 【真面目】 ⓪	認真；實在；真心 　　　　　　　　★★
	例 真面目な　男性と　付き合いたいです。 想跟實在的男生交往。
むり 【無理】 ①	無理；勉強；強迫 　　　　　　　　★★
	例 無理に　飲まなくても　いいです。 可以不用勉強喝。

4-4
動詞・
補助動詞

新日檢 N4 當中，「動詞・補助動詞」的部分，占了 30.87%。長相類似的「自他動詞」，如「集まる、集める」、「変わる、変える」、「続く、続ける」……等，非常重要；「同音異義」的單字，如「尋ねる、訪ねる」、「止まる、泊まる」、「治る、直る」……等，必須完全掌握其意思；以及「サ行變格動詞」，如「研究する」、「勉強する」、「登録する」……等，漸趨複雜，可以說存在日語當中所有類型的動詞都出現了，由於是基礎重要單字，所以請務必一一熟記。

學習小專欄

本系列書的動詞分類

◆ 本書在動詞的分類上，首先區分為兩大類：

1. 不需要目的語（受格）的「自動詞」，標示為「自」。

2. 需要目的語（受格）的「他動詞」，標示為「他」。

　　「自他動詞」的標記，主要是依據「**標準国語辞典（日本「旺文社」出版）**」來標示，並參考「**例解新国語辞典（日本「三省堂」出版）**」中的例句來調整。

◆ 其次，再依據動詞的活用（語尾的變化），以「字典形」來分類，標示各類詞性：

1. 「五段動詞」，標示為「五」，包含三類：

　①字尾不是「る」者，都是「五段動詞」，例如：「行く」、「指す」、「手伝う」……等。

　②字尾是「る」，但「る」的前一個字是ア、ウ、オ行音者，也是「五段動詞」，例如：「終わる」、「被る」、「直る」……等。

　③除了①②的規則之外，有一些「外型神似上下一段動詞」，但實際卻是「五段動詞」的單字，例如：「帰る」、「限る」、「切る」、「知る」、「滑る」……等，本書特別標示為「特殊的五段動詞」，提醒讀者注意。

2. 「上一段動詞」，標示為「上一」，字尾是「る」，但「る」的前一個字是イ行音者。

3. 「下一段動詞」，標示為「下一」，字尾是「る」，但「る」的前一個字是エ行音者。

4. 「サ行變格動詞（名詞＋する）」，標示為「名・サ」

　①狹義上只有「する」。

　②廣義上則是由「帶有動作含義的名詞＋する」所組成，例如「電話」這個單字，既含有「電話」的名詞詞性，又帶有「打電話」的動作含義，所以在其後加上「する」，就可以當成動詞來使用。像這類同時具有「名詞」與「動詞」雙重身分的單字，在日語中占了相當大的分量，是讀者必須特別花心思學習的地方。

5. 「カ行變格動詞」，標示為「カ」，只有一個，就是「来る」。

あア

あう 【合う】 自五 1	正確；合適；配合；符合 ★★★ 例 この 腕時計は 合って いません。 這支手錶不準。
あがる 【上がる】 自五 0	登上；上升；進入；完成 ★ 例 エスカレーターで 二階に 上がって ください。 請搭乘電扶梯上到二樓。
あく 【空く】 自五 0	空閒；缺額；騰出 ★ 例 空いて いる席は ありますか。 有空位嗎？
あじみ (する) 【味見】 名・他サ 0	嚐味道 例 料理を する時、味見しますか。 做菜時會嚐味道嗎？
あつまる 【集まる】 自五 3	聚集；集合；集中 ★ 例 明日 みんな、講堂に 集まって ください。 明天請大家在禮堂集合。
あつめる 【集める】 他下一 3	收集；召集；集中 ★ 例 学生を 講堂に 集めて ください。 請把學生召集到禮堂裡。

4-4
動詞・補助動詞

あやまる
【謝る】
自他五 3

道歉，認錯；認輸；拒絕 ★★

例 私が 悪かったから、謝らなければ
なりません。
因為是我不對，所以必須道歉。

あんしん (する)
【安心】 名・自サ 0

放心 ★★

例 もう 慣れましたから、ご安心 ください。
因為已經習慣了，所以請放心。

あんない (する)
【案内】
名・他サ 3

導覽；通知；傳達 ★★

例 彼女が 美術館を 案内しました。
由她導覽了美術館。

いイ

いきる
【生きる】
自上一 2

活著；謀生；栩栩如生 ★★

例 日本の 物価が 高過ぎて、生きて
いくのは 大変です。
因為日本物價過高，所以要生活下去不容易。

いじめる
【苛める・
虐める】
他下一 0

欺負；虐待 ★

例 妹は 苛められたから、泣いて います。
妹妹因為被欺負了，所以在哭。

いそぐ
【急ぐ】
自他五 2

緊急，趕忙（他動詞）；加速，加快（自動詞）★

例 急がないと 電車に 間に 合いませんよ。
不加緊腳步會趕不上電車喔！

いただく 【頂く・戴く】 他五 ⓪	戴上；領受；推舉（「もらう」的謙讓語）
	例 お手紙を 頂きました。 收到您的來信了。

いのる 【祈る・禱る】 他五 ②	祈禱
	例 ご家族の ご健康と 幸せを お祈りします。 祈禱您家人的健康與幸福。

いらっしゃる 自五 ④	來；去；在（「来る」、「行く」、「いる」的尊敬語） （特殊的ら行五段動詞）
	例 食事に いらっしゃいませんか。 要去吃飯嗎？

インストール（する） 【install】 名・他サ ④	安裝　　　　　　　　　　　　　　　　★
	例 その ゲームソフトを インストールしましたか。 安裝那個遊戲軟體了嗎？

うウ

うえる 【植える】 他下一 ⓪	栽種；植入；灌輸
	例 新しい 観念を 彼の 頭に 植えました。 灌輸了新觀念在他的腦海中。

うかがう 【伺う】他五 ⓪	請教；打聽；聽說；拜訪（「行く」、「聞く」的 謙讓語）
	例 明後日 伺います。 後天去拜訪。

| うける
【受ける】
自他下一 ② | 接（球）；接受；承辦（他動詞）；
受歡迎（自動詞） ★★ |
| | 例 母は 心臓の 手術を 受けました。
母親動了心臟手術。 |

| うごく
【動く】 自五 ② | 轉動；運轉；移動；搖動；動搖 ★★ |
| | 例 機械が 動いて いません。
機器沒在運轉。 |

| うつ
【打つ】 他五 ① | 拍打；敲打；感動 ★ |
| | 例 この 写真は 見る人の 心を
打ちました。
看了這照片的人都感動了。 |

| うつす
【写す】 他五 ② | 抄寫；描寫；謄寫 |
| | 例 ノートに 写して います。
正在抄寫筆記。 |

| うつる
【映る】 自五 ② | 映照；顯像；協調 |
| | 例 湖に 富士山が 映って います。
富士山映照在湖上。 |

| うつる
【移る】 自五 ② | 遷移；變遷；染上 |
| | 例 仕事場が 高雄に 移りました。
上班地點遷移到高雄了。 |

| うんてん（する）
【運転】
名・自他サ ⓪ | 駕駛（他動詞）；操作；運轉（自動詞） ★★ |
| | 例 主人は 自動車を 運転するのが
上手いです。
我老公開車很厲害。 |

うんどう (する)
【運動】
名・自サ 0

運動 ★★

例 父は　健康の　ために　毎日　運動します。

父親為了健康每天運動。

えエ

えらぶ
【選ぶ・択ぶ】
他五 2

挑選，選擇 ★★

例 この　中から　一つ　選んで　ください。

請從這當中選一個。

えんりょ (する)
【遠慮】
名・自他サ 0

客氣；拒絕 ★★★

例 タバコは　遠慮して　ください。

請勿抽菸。

おオ

おいでになる
自五 5

來；去；在（「来る」、「行く」、「いる」的尊敬語）

例 卒業式に　先生は　おいでになりますか。

老師您會來畢業典禮嗎？

おくる
【送る】 他五 0

送；送別；寄送；派遣；過日子 ★★

例 彼らは　贅沢な　生活を　送って　います。

他們過著奢侈的生活。

おくれる
【遅れる・後れる】
自下一 0

慢；晚；耽誤；誤點 ★★

例 電車が　三十分　遅れました。

電車誤點三十分鐘了。

おこす
【起こす・起す・興す】
他五 2

喚醒；使～立（站）起來；扶起　★★

例 明日の　朝　六時に　起こして　ください。

明天早上六點請叫我起來。

おこなう
【行う・行なう】
他五 0

舉行；施行；進行　★

例 来週の　日曜日、運動会を　行います。

下週日將舉行運動會。

おこる
【怒る】
自五 2

生氣　★★

例 先生は　怒って　います。

老師正在生氣。

おちる
【落ちる】
自上一 2

落下；降落；落選　★★

例 紅葉の　葉が　落ちました。

楓葉掉落了。

おっしゃる
自他五 3

說；稱為（「言う」的尊敬語）

（特殊的ら行五段動詞）

例 先生の　おっしゃる通りです。

老師說得對。

（註：跟「說話」相關的這一類動詞，都具有自、他動詞的雙重身分。）

おとす
【落とす・落す】
他五 2

使～落下；去除；遺失；遺漏；淘汰　★★

例 鏡の　垢を　落とす　良い　方法が　ありますか。

有去除鏡子汙垢的好方法嗎？

おどる 【踊る】 自他五 ⓪	跳舞；跳躍 例 ワルツを 踊ることが できますか。 會跳華爾滋嗎？
おどろく 【驚く・愕く】 自五 ③	吃驚；驚嘆；意想不到 ★ 例 君が 歌の 上手いのには 驚きました。 想不到你歌唱得這麼好。
おもいだす 【思い出す】 他五 ④⓪	想起來；聯想到 ★★ 例 子供の 頃を 思い出しました。 想起了小時候。
おもう 【思う】 自他五 ②	想；打算；認為；以為；覺得 ★★★ 例 彼女は ベトナム人だと 思って いました。 （我）之前以為她是越南人。
おる 【折る】他五 ①	攀折；摺（紙）；折斷；打斷；彎；折服 例 折り紙で 花を 折りました。 用色紙摺了花。
おる 【居る】自五 ①	「いる」的謙讓語 例 四時までは 会社に おります。 會在公司待到四點。
おれる 【折れる】 自下一 ②	折；折斷；讓步；轉彎 例 お箸が 折れると、縁起が 悪いと 言われて います。 聽說筷子折斷會倒楣。

か行

▶ MP3-28

かカ

がいしょく (する) 【外食】 名・自サ ⓪	外食 ★★
	例 休日の 夜は 殆ど 外食します。 休假的晚上多半是外食。

かえる 【変える】 他下一 ⓪	改變；變更 ★★
	例 その 事故が 彼女の 人生を すっかり 変えて しまいました。 那場車禍完全改變了她的人生。

かける 【欠ける】 自下一 ⓪	缺少；有缺口
	例 彼女に 欠けて いるのは 経験です。 她缺乏的是經驗。

かける 【駆ける】 自下一 ②	跑；快跑；騎著馬跑
	例 学校まで 駆けて 行きましょう。 跑去學校吧！

かざる 【飾る】 他五 ⓪	裝飾；修飾 ★
	例 飾った言葉より、率直に 話すのが 良いと 思います。 我認為説話直率勝於修飾過。

かたづける 【片付ける】 他下一 ④	收拾；處理；解決 ★★
	例 自分の 部屋は 自分で 片付けて ください。 自己的房間請自己收拾。

かつ 【勝つ・克つ】 自五 ①	贏，勝過；戰勝；克服　　　　　　★
	例 昨日の 試合は 私達が 勝ちました。 昨天的比賽我們贏了。

かまう 【構う】 自他五 ②	沒關係；不在乎；逗弄　　　　　　★
	例 時間は いくら 掛かっても 構いません。 無論花費多少時間都沒關係。

かむ 【噛む・嚼む・ 咬む】　自他五 ①	咬；咀嚼
	例 よく 噛んで 食べて ください。 請細嚼慢嚥。

かよう 【通う】自五 ⓪	來往；通行；定期往返　　　　★★
	例 新竹まで どうやって 通って いるのですか。 如何定期往返新竹呢？

かわく 【乾く】自五 ②	乾；乾燥　　　　　　　　　　　★
	例 今朝 洗った 靴は もう 乾きました。 今天早上洗的鞋子已經乾了。

かわる 【変わる・変る】 自五 ⓪	改變；不同；古怪　　　　　　★★
	例 空の 色が 変わりました。 天空的顏色變了。

かんがえる 【考える】 自他下一 ③④	想；考慮；打算　　　　　　　★★
	例 ゆっくり 考えさせて ください。 請讓（我）好好考慮。

かんけい (する) 【関係】 名・自サ ⓪	關係；有關係；與〜有關　　　★★★
	例 彼の 仕事は 貿易に 関係して います。 他的工作跟貿易有關。

がんばる 【頑張る】 自五 ③	努力；堅持　　　★★★
	例 本を 書くのに 徹夜で 頑張りました。 為了寫書整夜拚命了。

きキ

きこえる 【聞こえる・ 聞える】 自下一 ⓪	聽得見；聞名　　　★★
	例 人の 話し声が 聞こえます。 聽得見人説話的聲音。

きまる 【決まる】 自五 ⓪	決定；規定；一定　　　★★
	例 私は 毎日 一時間 決まって ピアノを 弾きます。 我每天一定彈一小時鋼琴。

きめる 【決める】 他下一 ⓪	決定；規定；認定；約定　　　★★
	例 彼は タバコを 止めることに 決めました。 他下定決心要戒菸了。

キャンセル (する) 【cancel】 名・他サ ①	取消；解除；刪除　　　★
	例 ホテルの 予約を キャンセルしたいです。 想取消旅館的預約。

きょうそう (する) 【競争】 名・自サ ⓪	競爭；競賽 例 教育界の 人々は とても 激しく 競争して います。 教育界的人們非常激烈地競爭著。

くク

くださる 【下さる】 他五 ③	給；贈送 （「くれる」的尊敬語） （特殊的ら行五段動詞） 例 これは 先生が 私に 下さった本です。 這本是老師給我的書。
くらべる 【比べる・較べる】 他下一 ⓪	對比，比較　　　　　　　　　　★★ 例 今年の 冬は 去年に 比べて 寒いです。 今年的冬天較去年冷。
クリック (する) 【click】 名・他サ ②	按下；點閱　　　　　　　　　　★ 例 ここを クリックすれば、 ダウンロードできます。 按這裡就可以下載。
くれる 他下一 ⓪	給（我）～；給（人）～　　　　★★ 例 妹が ギターを くれました。 妹妹送了（我）吉他。
くれる 【暮れる】 自下一 ⓪	日暮，天黑；到了尾聲 例 日が 暮れたから 帰りましょう。 因為天黑了，所以回去吧！

けケ

けいかく (する)
【計畫】

名・他サ 0

計畫 ★

例 今年の 夏休みは 海外旅行を 計畫して います。

在計畫今年的暑假去國外旅行。

けいけん (する)
【経験】

名・他サ 0

経験 ★★

例 海外留学を 経験した学生も 多いです。

有海外留學經驗的學生也很多。

けが (する)
【怪我】

名・自サ 2

傷；受傷；損失 ★★

例 滑って、頭を 怪我しました。

滑了一跤，把頭摔傷了。

（註：此句的助詞雖然用「を」，但「怪我する」並不是「他動詞」，並非動作直接作用的對象。）

げしゅく (する)
【下宿】

名・自サ 0

寄宿，借宿

例 息子は 学校の 近くに 下宿して います。

兒子在學校附近租房子。

けんか (する)
【喧嘩】

名・自サ 0

吵架；打架 ★

例 つまらない ことで 喧嘩しないで ください。

請不要為了無聊的事吵架。

けんきゅう (する) 【研究】 名・他サ ⓪	**研究** 例 その 問題は もっと 研究する必要が あると 思います。 （我）認為那個問題有進一步研究的必要。
けんぶつ (する) 【見物】 名・他サ ⓪	**遊覽；觀光** 例 日本の お寺と 神社を 見物しました。 遊覽了日本的寺廟與神社。

こコ

こうぎ (する) 【講義】 名・他サ 1 3	**講課** 例 あの 教授は どの 大学で 講義して いますか。 那位教授在哪一所大學講課呢？
こしょう (する) 【故障】 名・自サ ⓪	**故障；毛病**　　　　　　　　　　　★★ 例 車が 故障して 動かないです。 車子故障不動了。
ごちそう (する) 【御馳走】 名・他サ ⓪	**款待；美食佳餚**　　　　　　　　★★★ 例 今日は 私が ご馳走します。 今天我請客。
こむ 【込む・混む】 自五 1	**進入；擁擠**　　　　　　　　　　　★ 例 今朝は、電車が 随分 混んで いました。 今天早上電車擁擠不堪。

ごらんになる 【ご覧になる】 他五 5	看；閱讀（「見る」的尊敬語） 例 私の　家から、東京タワーを ご覧になることが　できます。 從我家裡，可以看到東京鐵塔。
こわす 【壊す・毀す】 他五 2	毀壞；損傷；打碎　　　　　　　　　　　★ 例 子供が　おもちゃを　壊しました。 孩子把玩具弄壞了。
こわれる 【壊れる・ 毀れる】 自下一 3	壞掉；故障；碎裂；倒塌　　　　　　★★ 例 冷房が　壊れました。 冷氣壞了。

さサ

さがす 【探す・捜す】 他五 0	尋找　　　　　★★ 例 彼は 仕事を 探して います。 他正在找工作。
さがる 【下がる】 自五 2 0	下降；退步；懸掛　　　　　★ 例 温度が だんだん 下がって きました。 溫度漸漸地下降了。
さげる 【下げる】 他下一 2	低下；降低；懸掛　　　　　★ 例 冷房の 設定温度を 下げて ください。 請降低冷氣的設定溫度。
さしあげる 【差し上げる・ 差上げる】 他下一 0 4	給；贈送；舉起（「上げる」的謙讓語） 例 この かばんを 社長に 差し上げます。 這個包包送給社長。
さわぐ 【騒ぐ】 自五 2	騒動；轟動；嬉鬧 例 子供達が 遊園地で 騒いで います。 孩子們在遊樂園嬉鬧。
さわる 【触る】 自五 0	觸摸，觸碰；接觸 例 桃に 触らないで ください。 請不要觸摸水蜜桃。

しシ

しかる
【叱る】
他五 ⓪②

斥責，責罵　　　★★

例 授業に 遅れて 先生に 叱られました。
上課遲到被老師罵了。

しけん (する)
【試験】
名・他サ②

試驗，測試；實驗；考試　　　★★

例 新しい 携帯の 性能を 試験しました。
測試了新手機的性能。

しっぱい (する)
【失敗】
名・自サ⓪

失敗　　　★★

例 私は 仕事で 失敗したことが たくさん
あります。
我在工作上有許多失敗的經驗。

しつれい (する)
【失礼】
名・自サ②

失禮；抱歉；無法奉陪；告辭　　　★★

例 どうも 失礼しました。
實在抱歉了。

じゅしん (する)
【受信】
名・他サ⓪

接收；收聽；收信

例 海外放送を 受信できません。
無法收聽海外廣播。

しゅっせき (する)
【出席】
名・自サ⓪

出席　　　★

例 ぜひ 結婚披露宴に ご出席 ください。
請務必出席婚宴。

しゅっぱつ (する)
【出発】
名・自サ ⓪

| 出發，動身 | ★ |

例 息子は　今朝　海外旅行へ　出発しました。

兒子今天早上出發去海外旅行了。

じゅんび (する)
【準備】
名・自他サ ①

| 準備；籌備 | ★★ |

例 一時間で　晩ご飯を　準備しました。

花了一小時準備晚飯。

しょうかい (する)
【紹介】
名・他サ ⓪

| 介紹 | ★★ |

例 寿司に　ついて　ご紹介したいと
思います。

（我）想介紹一下壽司。

しょうたい (する)
【招待】
名・他サ ①

| 邀請 | ★★ |

例 私達の　結婚披露宴に　招待したいです。

想邀請（你）參加我們的婚宴。

しょうち (する)
【承知】
名・他サ ⓪

| 知道；同意；原諒（「知る」、「分かる」的謙讓語） |

例 その　ことは　承知しました。

那件事情知道了。

しょくじ (する)
【食事】
名・自サ ⓪

| 吃飯，用餐 | ★★★ |

例 一緒に　食事しませんか。

不一起吃飯嗎？

しらせる
【知らせる】
他下一 ⓪

| 通知 | ★★ |

例 台湾に　着いたら、知らせて　ください。

到台灣的時候請通知我。

4-4
動詞・補助動詞

| しらべる
【調べる】
<small>他下一 ③</small> | 調査；審查；搜查　　　　　★★ |
| | 例 警察は　交通事故の　原因を　調べて
います。
警察正在調查車禍的原因。 |

| しんぱい (する)
【心配】
<small>名・自他サ ⓪</small> | 擔心；費神　　　　　★★★ |
| | 例 私は　両親の　健康を　心配して　います。
我擔心父母的健康。 |

すス

| すぎる
【過ぎる】
<small>自上一 ②</small> | 經過；過去；過分　　　　　★★ |
| | 例 十二月が　過ぎて　寒く　なりました。
過了十二月，天氣變冷了。 |

すく 【空く】 <small>自五 ⓪</small>	①肚子餓②有空　　　　　★★
	例 ①お腹が　空きました。 肚子餓了。
	②ここの　高速道路は　空いて　います。 這裡的高速公路空蕩蕩的。

| すすむ
【進む】
<small>自五 ⓪</small> | 前進；進步；進展　　　　　★ |
| | 例 前に　進んで　ください。
請往前進。 |

| すてる
【捨てる・
棄てる】
<small>他下一 ⓪</small> | 拋棄；扔掉；放棄　　　　　★★ |
| | 例 自分の　権利を　捨てないで　ください。
請不要放棄自己的權利。 |

すべる 【滑る】 自五 ②	滑倒；滑雪；溜冰（特殊的五段動詞） ★
	例 手が 滑^{すべ}って グラスを 落^おとしました。 手一滑，把玻璃杯弄掉了。 （註：「玻璃」是「ガラス」。）

※ 例文中「て」「すべ」「お」はルビ表記。

すむ 【済む】 自五 ①	結束，完成 ★★
	例 晩^{ばん}ご飯^{はん}は 済^すみましたか。 吃晚飯了嗎？

せセ

せいかつ (する) 【生活】 名・自サ ⓪	生活・過日子；維生 ★★
	例 彼女^{かのじょ}は 毎日^{まいにち} 楽^{たの}しく 生活^{せいかつ}して います。 她每天開心地過日子。
せいさん (する) 【生産】 名・他サ ⓪	生產
	例 この 工場^{こうじょう}は 冷蔵庫^{れいぞうこ}を 生産^{せいさん}して います。 這間工廠生產冰箱。
せつめい (する) 【説明】 名・他サ ⓪	說明；解釋 ★★
	例 この 問題^{もんだい}に ついて 説明^{せつめい}しようと 思^{おも}います。 （我）想說明一下這個問題。
せわ (する) 【世話】 名・他サ ②	照顧；關照；推薦 ★★
	例 犬^{いぬ}を 世話^{せわ}するのは 私^{わたし}の 役目^{やくめ}です。 照顧狗是我的任務。

そソ

そうしん (する) 【送信】
名・他サ 0

發送；傳送 ★

例 もう　その　メールを　送信しました。
已經將那封郵件傳送出去了。

そうだん (する) 【相談】
名・自他サ 0

商量 ★★

例 どんな　悩みが　あっても、私に
相談して　ください。
無論有什麼煩惱，都請跟我商量。

（註：跟「説話」相關的這一類動詞，都具有自、他動詞的雙重身分。）

そうにゅう (する) 【挿入】
名・他サ 0

插入；裝進；放入

例 胃カメラを　挿入して　検査する必要が
あります。
有必要插入胃鏡做檢查。

そだてる 【育てる】
他下一 3

養育；栽培；種植 ★

例 お祖母さんは　菜園で　野菜を　育てて
います。
奶奶在菜園種青菜。

そつぎょう (する) 【卒業】
名・自サ 0

畢業 ★★

例 彼女は　大学院を　卒業しました。
她從研究所畢業了。

（註：此句的助詞雖然用「を」，但「卒業する」並不是「他動詞」，並非動作直接作用的對象。）

ぞんじあげる 【存じ上げる】
他下一 5 0

知道（「知る」的謙譲語）

例 お名前は　存じ上げて　おります。
久仰大名。

たタ

たいいん（する）【退院】
名・自サ ⓪

出院

例 隣の　病人は　退院しました。
隔壁的病人出院了。

ダイエット（する）【diet】
名・自サ ①

痩身，減肥，減重 ★

例 来年までに　五キロ　ダイエットしなければ
なりません。
到明年之前必須減重五公斤。

たおれる【倒れる】
自下一 ③

倒塌；下台 ★

例 台風で　家が　たくさん　倒れました。
因為颱風，所以很多房子倒塌了。

たす【足す】 他五 ⓪

加上；加入；補上 ★

例 味付けに　醤油を　足しました。
為了調味加入了醬油。

たずねる【尋ねる・訊ねる】
他下一 ③

詢問；打聽

例 警官に　道を　尋ねました。
向警察問了路。

たずねる【訪ねる】
他下一 ③

訪問 ★

例 小学校時代の　友人が　訪ねて　きました。
小學時期的朋友來找（我）了。

たてる 【立てる】 _{他下一 ②}	豎起；揚起；訂立　　　　　　　★ 例 もう　夏休_{なつやす}みの　計画_{けいかく}を　立_たてましたか。 已經訂好暑假的計畫了嗎？
たてる 【建てる】 _{他下一 ②}	建立；建造　　　　　　　　　★ 例 この　神社_{じんじゃ}は　三百年前_{さんびゃくねんまえ}に 建_たてられました。 這間神社是三百年前被建造的。
たのしむ 【楽しむ】 _{自他五 ③}	期待；欣賞；玩賞；享受；開心　　★★ 例 両親_{りょうしん}は　日本旅行_{にほんりょこう}を　十分_{じゅうぶん}　楽_{たの}しみました。 父母飽嚐了日本旅行的快樂。
たりる 【足りる】 _{自上一 ⓪}	足夠；值得　　　　　　　　　★ 例 お金_{かね}が　足_たりなくて　買_かえません。 因為錢不夠，所以買不起。

ちチ

チェック_{（する）} 【check】 _{名・他サ ①}	檢查；檢驗　　　　　　　　　★★ 例 子供_{こども}の　スマホを　チェックしますか。 會檢查孩子的智慧型手機嗎？
ちゅうい_{（する）} 【注意】 _{名・自サ ①}	注意；小心；提醒　　　　　　★★★ 例 風邪_{かぜ}を　引_ひかないように　注意_{ちゅうい}して ください。 請小心別感冒了。

ちゅうし (する) 【中止】 名・他サ 0	中止 ★
	例 試合は 雨で 中止しました。 比賽因為下雨而中止了。
ちゅうしゃ (する) 【注射】 名・他サ 0	注射；打針
	例 今朝 病院で 注射されました。 今天早上在醫院打了針。

つツ

つかまえる 【捕まえる・ 摑まえる・ 捉まえる】 他下一 0	抓住；捉拿
	例 鶏を 捕まえく 籠に 入れました。 把雞捉進籠子裡了。
つく 【点く】 自五 1 0	點上；點著 ★
	例 部屋の 電気が 点いて います。 房間的燈亮著。
つける 【付ける】 他下一 2	塗抹；安裝；養成；分配；跟蹤；★★★ 增加；記載；取得
	例 この 絵に 色を 付けます。 將這幅畫上色。
つける 【漬ける・ 浸ける】 他下一 0	醃漬
	例 醤油で 豚肉を 漬けて ください。 請用醬油醃肉。

つたえる
【伝える】
他下一 ⓪

傳達，轉告；傳授 ★

例 お母<small>かあ</small>さんに よろしく お伝<small>つた</small>え ください。
請代我向您母親問好。

つづく
【続く】 自五 ⓪

持續；接著；相連 ★

例 水泳<small>すいえい</small>の 授業<small>じゅぎょう</small>は 五月<small>ごがつ</small>まで 続<small>つづ</small>きました。
游泳課持續到了五月。

つづける
【続ける】
他下一 ⓪

繼續；連續；連接 ★★

例 私<small>わたし</small>は この 仕事<small>しごと</small>を 二十年<small>にじゅうねん</small> 続<small>つづ</small>けました。
我連續做了這個工作二十年。

つつむ
【包む】 他五 ②

包上；包裝；包圍

例 この 箱<small>はこ</small>を 紙<small>かみ</small>で 包<small>つつ</small>んで ください。
請用紙把這個盒子包起來。

つる
【釣る】 他五 ⓪

垂釣；勾引

例 魚<small>さかな</small>を 釣<small>つ</small>ることが 好<small>す</small>きですか。
喜歡釣魚嗎？

つれる
【連れる】
他下一 ⓪

帶領；帶著 ★★

例 姉<small>あね</small>は 子供<small>こども</small>を 連<small>つ</small>れて 動物園<small>どうぶつえん</small>へ
行<small>い</small>きました。
姊姊帶著小孩去動物園了。

てテ

てつだい（する）
【手伝い】

名・他サ 3

幫助；幫手　　　　　　　　　　　★★

例 何か　お手伝いすることは　ありますか。

有什麼需要幫忙的嗎？

てつだう
【手伝う】

自他五 3

幫助，幫忙（他動詞）；由於（自動詞）　★★

例 家の　掃除を　手伝って　ください。

請幫忙打掃房子。

てんそう（する）
【転送】

名・他サ 0

轉送；轉寄；傳遞

例 彼女に　メールを　転送して　ください。

請把電子郵件轉寄給她。

てんぷ（する）
【添付】

名・他サ 1 0

附上；附加

例 先日　撮った写真を　添付して
ください。

請附上前幾天拍的照片。

とト

とうろく（する）
【登録】

名・他サ 0

登記；註冊

例 陳さんの　電話番号と　住所を　登録して
ください。

請登記陳小姐的電話號碼跟住址。

4-4
動詞・補助動詞

とおる
【通る】 自五 1

通過；合格；實現　★★

例 右側を 通って ください。
請穿過右邊。

（註：此句的助詞雖然用「を」，但「通る」並不是「他動詞」，並非動作直接作用的對象。）

とどける
【届ける】
他下一 3

送達；呈報　★

例 この 本を 林さんに 届けて ください。
請把這本書寄送給林小姐。

とまる
【止まる・
留まる・
停まる】
自五 0

停止；止住；堵塞；棲息；固定　★

例 台風で 南部の 交通が 止まって
しまいました。
由於颱風，南部的交通癱瘓了。

とまる
【泊まる・泊る】
自五 0

投宿；住宿；停泊　★★

例 もう 遅いから、ホテルに 泊まりましょう。
因為已經很晚了，所以住旅館吧！

とめる
【止める・
留める・
停める】
他下一 0

停；停留；遏止；關上；勸阻　★★

例 エンジンを 止めて ください。
請關引擎。

とりかえる
【取り替える・
取り換える】
他下一 0 4 3

更換；交換　★

例 姉と 服を 取り替えて 着ます。
跟姊姊交換衣服穿。

なナ

なおす【直す】 他五 2

修理；修改；更改；矯正　　　　　　★★

例 この 古い 機械は もう 直さなければ
なりません。
這台老機器已經不修理不行了。

なおる【治る】 自五 2

痊癒　　　　　　　　　　　　　★★

例 母の 病気は もう 治りました。
母親的病已經痊癒了。

なおる【直る】 自五 2

復原；改正；修理　　　　　　　★★

例 機械の 調子が 直りました。
機器的狀況復原了。

なく【泣く】 自五 0

哭泣　　　　　　　　　　　　　★★

例 愛犬が 死んで、泣くのを
止められません。
因為愛犬死了，所以哭個不停。

なくなる【亡くなる】 自五 0

死去　　　　　　　　　　　　　★

例 父は 七年前に 亡くなりました。
父親七年前過世了。

なくなる【無くなる】 自五 0

遺失；沒有　　　　　　　　　　★★

例 パスポートが 無くなったので
困りました。
因為護照遺失了，所以很傷腦筋。

なげる【投げる】
他下一 ② ⓪

扔；拋；投擲；摔；投入

例 石を　池に　投げました。
把石子扔進了池裡。

なさる【為さる】
自他五 ② ⓪

做（「する」的尊敬語）（特殊的ら行五段動詞）

例 今日は　何を　なさるつもりですか。
您今天打算做什麼呢？

なる【鳴る】
自五 ⓪

響起；鳴叫

例 ドアの　チャイムが　鳴りました。
門鈴響了。

なれる【慣れる】
自下一 ②

習慣，適應；熟練　　　　★★

例 もう　田舎の　生活に　慣れました。
已經適應了鄉下的生活。

に二

にげる【逃げる】
自下一 ②

逃走；逃避　　　　★

例 逃げないで　立ち向かって　ください。
請別逃避，奮戰吧！

にゅういん（する）【入院】
名・自サ ⓪

住院　　　　★

例 インフルエンザで　一週間　入院しました。
因為流感，所以住院了一個星期。

にゅうがく（する）【入学】
名・自サ ⓪

入學　　　　★

例 娘は　今年　小学校に　入学しました。
女兒今年進小學了。

にゅうりょく (する) 【入力】 名・他サ ⓪ 1	**輸入** 例 中国語を　入力する方法を　紹介して 　　ください。 請介紹（給我）中文的輸入法。
にる 【似る】 自上一 ⓪	**相像，相似**　★ 例 姉は　非常に　母に　似て　います。 姊姊非常像媽媽。

ぬヌ

ぬすむ 【盗む】 他五 2	**盗竊；欺瞞**　★ 例 彼は　財布を　盗まれました。 他的錢包被偷了。
ぬる 【塗る】 他五 ⓪	**塗抹；擦；轉嫁**　★ 例 パンに　ジャムを　塗りました。 在麵包上塗了果醬。
ぬれる 【濡れる】 自下一 ⓪	**淋濕；弄濕**　★ 例 雨で　髪が　濡れて　しまいました。 雨將頭髮淋濕了。

ねネ

ねぼう (する)【寝坊】
名・自サ ⓪

睡懶覺 ★

例 彼女は　私より　寝坊します。

她比我還貪睡。

ねむる【眠る】
自五 ⓪

睡覺 ★

例 赤ちゃんが　ぐっすりと　眠って　います。

嬰兒正熟睡著。

のノ

のこる【残る】
自五 ②

留下，遺留；剩餘 ★★

例 父の　言葉が　まだ　耳に　残って　います。

父親的話還留在（我的）耳邊。

のりかえる【乗り換える・乗り替える】
自他下一 ③ ④

轉乘；調換 ★

例 東京駅で　乗り換えて　ください。

請在東京車站轉乘。

特殊的ら行五段動詞

　　日語中，有五個字尾以「る」結尾的「五段動詞」，其變化特殊，所以這五個動詞被稱為「特殊的ら行五段動詞」：

　　①いらっしゃる（來；去；在（「来る」、「行く」、「いる」的尊敬語））

　　②おっしゃる（説；稱為（「言う」的尊敬語））

　　③くださる（給；贈送（「くれる」的尊敬語））

　　④ござる（在；有；來；去（「いる」、「ある」、「来る」、「行く」的尊敬語））

　　⑤なさる（做（「する」的尊敬語））

　　它們的變化特殊處在哪裡呢？五段動詞的敬體，是「連用形＋ます」。此時字尾的「う段音」會變成「い段音」，一般而言，如果字尾是「る」，應該會變成「り」，但是這五個動詞的字尾卻會變成「い」，所以這五個動詞的敬體分別是：

　　①いらっしゃる → いらっしゃいます

　　②おっしゃる　 → おっしゃいます

　　③くださる　　 → くださいます

　　④ござる　　　 → ございます

　　⑤なさる　　　 → なさいます

は行

▶ MP3-32

はハ

はいけん (する) 【拝見】 名・他サ 0	拝見；看（「見る」的謙讓語）
	例 著書を　拝見させて　いただき、 ありがとう　ございました。 謝謝您讓我拜讀您寫的書。

はこぶ 【運ぶ】 自他五 0	前往；搬運（他動詞）；（事物）進展（自動詞）★
	例 商談は　順調に　運びました。 交易順利地進行了。

はらう 【払う】 他五 2	支付；還債　　　　　　　　　　　　★★
	例 毎月、住宅ローンを　払わなければ なりません。 每個月都必須付房貸。

はんたい (する) 【反対】 名・自サ 0	反對　　　　　　　　　　　　　　　★
	例 私は　林さんの　提案に　反対します。 我反對林小姐的提案。

ひヒ

ひえる 【冷える】 自下一 2	變冷；變冷淡；覺得冷　　　　　　　★
	例 十二月に　なると、冷えるように なりました。 一到十二月，就會覺得冷了。

ひかる 【光る】 自五 ②	發光；發亮	★
	例 あの 子の 目は 涙で 光って います。 那個孩子的眼裡閃著淚光。	
びっくり (する) 副・自サ ③	嚇一跳，吃驚	★★
	例 その ニュースを 聞いて、 びっくりしました。 聽了那則消息，嚇了一跳。	
ひっこし (する) 【引っ越し】 名・自サ ⓪	搬家，遷居	★★
	例 彼は 十歳の とき、台北に 引っ越ししました。 他十歲時搬到了台北。	
ひっこす 【引っ越す】 自五 ③	搬家，遷居	★★
	例 彼は 十歳の とき、台北に 引っ越しました。 他十歲時搬到了台北。	
ひらく 【開く】 自他五 ②	打開；拆開；剖開（他動詞）； 開；開始；開放（自動詞）	★
	例 スーパーは 毎日 十一時に 開きます。 超市每天十一點開門。	
ひろう 【拾う】 他五 ⓪	撿拾；挑選；攔車	★
	例 身の 回りの ごみを 拾って ください。 請撿起（你）周遭的垃圾。	

ふ フ

ふえる 【増える・ 殖える】 自下一 ②	**増加；增多** ★ 例 最近、体重が 増えて います。 最近體重持續增加。
ふくしゅう (する) 【復習】 名・他サ ⓪	**複習** ★ 例 第一課から 第三課までを 復習して ください。 請從第一課複習到第三課。
ふとる 【太る・肥る】 自五 ②	**肥胖；增多** ★ 例 彼女は 若い 頃より 太って います。 她比年輕的時候胖。
ふむ 【踏む】 他五 ⓪	**踩踏；踏入** 例 昨日、釘を 踏んで しまいました。 昨天踩到釘子了。
プレゼント (する) 【present】 名・他サ ②	**送（禮物；贈品）** ★★★ 例 女性に 口紅を プレゼントしたいです。 想以口紅當作女性的贈品。

へヘ

へんじ (する)
【返事】
名・自サ ③

回答；回覆；回信 ★★

例 妹に　返事しました。
給妹妹回信了。

へんしん (する)
【返信】
名・自サ ⓪

回電；回信 ★

例 教授の　メールに　返信しました。
回覆了教授的電子郵件。

4-4
動詞・補助動詞

ほホ

ほうそう (する)
【放送】
名・他サ ⓪

廣播；播放 ★

例 今、放送して　いる歌は　どの　歌手の
歌ですか。
現在，播放的歌是哪位歌手的歌呢？

ほぞん (する)
【保存】
名・他サ ⓪

保存

例 生物は　冷凍庫に　保存して　ください。
生鮮食品請保存在冷凍庫。

ほめる
【褒める・誉める】
他下一 ②

稱讚；表揚 ★

例 父に　褒められて、嬉しいです。
被父親誇獎了，真高興。

ほんやく (する)
【翻訳】
名・他サ ⓪

翻譯 ★

例 彼は　英語の　小説を　中国語に
翻訳しました。
他將英文小説翻譯成了中文。

ま行

▶ MP3-33

まマ

まいる 【参る】 自五 ①	去；來（「行く」、「来る」的謙讓語） （特殊的五段動詞） 例 行って 参ります。 我走了。
まける 【負ける】 自他下一 ⓪	輸；讓步；減價 例 もう 少し 負けて ください。 請再算便宜一點。
まちがえる 【間違える】 他下一 ④ ③	做錯；弄錯；認錯　　　　　　　　　　★★ 例 もし 間違えて いるところが あったら、 教えて ください。 如果有弄錯的地方，請告訴我。
まにあう 【間に合う】 自五 ③	來得及；趕得上　　　　　　　　　　　★★ 例 もう 電車に 間に合わないでしょう。 已經趕不上電車了吧！
まわる 【回る・廻る】 自五 ⓪	旋轉；轉動；繞道 例 月は 地球の 周りを 回って います。 月亮繞著地球轉。 （註：此句的助詞雖然用「を」，但「回る」並不是「他動詞」，並非動作直接作用的對象。）

みミ

みえる 【見える】 自下一 2 0	看得見；能看見 ★★★
	例 屋上に 上ると、高速道路が 見えます。 只要登上屋頂，就看得到高速公路。

みつかる 【見付かる】 自五 0	找到；發現 ★★
	例 落とした財布が 見付かりました。 掉了的錢包找到了。

みつける 【見付ける】 他下一 0	尋找；發現 ★★
	例 落とした財布を 見付けました。 找到了掉了的錢包。

むム

むかう 【向かう】 自五 0	往〜，向著〜，朝著〜 ★
	例 彼女は 電車で 東京に 向かいました。 她坐電車往東京去了。

むかえる 【迎える】 他下一 0	迎接；迎合；接 ★
	例 新年を 迎えます。 迎接新年。

めメ

めしあがる 【召し上がる・ 召し上る】 他五 0 4	吃；喝（「食べる」、「飲む」的尊敬語）
	例 どうぞ　召し上がって　ください。 請用。

もモ

もうしあげる 【申し上げる・ 申上げる】 他下一 5 0	說；講；敘述（「言う」的謙讓語）
	例 皆様の　ご来店に　心より　感謝を 申し上げます。 由衷感謝大家蒞臨本店。

もてる 【持てる】 自下一 2	受歡迎　　　　　　　　　　　　　　　★
	例 陳さんは　とても　持てます。 陳小姐非常受歡迎。

もどる 【戻る】　自五 2	返回；回家；恢復　　　　　　　　　★★
	例 自分の　席に　戻って　ください。 請回到自己的座位上。

もらう 【貰う】　他五 0	領受；接受；承擔　　　　　　　　　★★
	例 会社から　月餅を　もらいました。 從公司那裡拿到了月餅。

や行

やヤ

やく 【焼く】 他五 ⓪	焚燒；燒烤　　　　　　　　　　★★
	例 母は 台所で 魚を 焼いて います。
	媽媽正在廚房烤魚。

やくそく （する） 【約束】 名・他サ ⓪	約會；約定　　　　　　　　　　★★
	例 明日の 午後 三時に 友達と 会うと 約束しました。
	跟朋友約定了明天下午三點碰面。

やくにたつ 【役に立つ】 自五 ④	有用；有幫助　　　　　　　　　★★
	例 この 薬は 本当に 役に立ちました。
	這個藥真的幫了很大的忙。

やける 【焼ける】 自下一 ⓪	著火；烤熱；烤熟　　　　　　　★
	例 この 牛肉は まだ 焼けて いないです。
	這個牛肉還沒烤熟。

やせる 【痩せる・瘠せる】 自下一 ⓪	瘦，苗條；貧瘠　　　　　　　　★★
	例 彼女は 痩せるために、毎日 ジョギングを して います。
	她為了變瘦，每天都在慢跑。

やむ 【止む】 自五 ⓪	停止；中止　　　　　　　　　　★
	例 雨は もう 止みましたか。
	雨已經停了嗎？

やめる【辞める】 他下一 0	取消；辭職 ★
	例 彼は 去年、会社を 辞めました。
	他去年向公司辭職了。

やめる【止める】 他下一 0	停止；作罷 ★★
	例 仕事を ちょっと 止めて、食事を しましょう。
	暫停一下工作，吃飯吧！

ゆ ユ

ゆしゅつ (する)【輸出】 名・他サ 0	輸出；出口
	例 この 会社は 毎年、たくさんの 自動車を 日本へ 輸出します。
	這家公司每年出口很多汽車到日本。

ゆれる【揺れる】 自下一 0	搖動；顛簸；猶豫不決
	例 地震で 家が 揺れて います。
	因為地震，所以房子在搖動。

よ ヨ

ようい (する)【用意】 名・自他サ 1	準備；預備 ★★
	例 晩ご飯を 用意しました。
	晚飯做好了。

よごれる **【汚れる】** 自下一 0	汚染；弄髒；丟臉　　　★ 例 都会の　空気は　汚れて　います。 都市空氣汚染。
よしゅう (する) **【予習】** 名・他サ 0	預習　　　★ 例 第一課から　第三課までを　予習して ください。 請從第　課預習到第二課。
よやく (する) **【予約】** 名・他サ 0	預約；預購　　　★★ 例 インターネットで　雑誌を　予約しました。 在網路上預購了雑誌。
よる **【寄る】** 自五 0	靠近；順路；聚集　　　★★ 例 学校の　帰りに　本屋に　寄りました。 放學回家途中順道去了書局。
よろこぶ **【喜ぶ・慶ぶ・** **悦ぶ】** 自五 3	高興，喜悦　　　★★ 例 お祖父さんは　孫の　顔を　見て　大変 喜びました。 爺爺看到了孫子非常高興。

ら行

▶ MP3-35

らラ

ラップ (する)
【wrap】

名・他サ ①

保鮮膜；包裏；包装

例 <ruby>果物<rt>くだもの</rt></ruby>を　ラップしました。
用保鮮膜將水果包起來了。

りリ

りよう (する)
【利用】

名・他サ ⓪

利用；使用　　　　　　　　　　　　★★

例 この　<ruby>喫茶店<rt>きっさてん</rt></ruby>は　インターネットが
<ruby>利用<rt>りよう</rt></ruby>できます。
這家咖啡廳可以上網。

れレ

れんらく (する)
【連絡・聯絡】

名・自他サ ⓪

聯絡，聯繫　　　　　　　　　　　　★★

例 できるだけ　<ruby>早<rt>はや</rt></ruby>く　<ruby>連絡<rt>れんらく</rt></ruby>して　ください。
請盡早聯絡。

わ行

わワ

わかす **【沸かす】** 他五 2 0	燒開；熔化 例 水を　沸かして　ください。 請燒水。
わかれる **【別れる】** 自下一 3	分離；分手；離婚　　　★★ 例 私達は　駅で　別れました。 我們在車站分開了。
わく **【沸く】** 自五 0	沸騰；激動；熔化 例 お湯が　沸きました。 開水沸騰了。
わらう **【笑う】** 自他五 0	笑；嘲笑　　　★★★ 例 あの　子は　にこにこと　笑って　います。 那孩子笑嘻嘻的。
われる **【割れる】** 自下一 0	破壞；碎裂；整除　　　★★ 例 先生に　いただいたお茶碗が　割れて しまいました。 老師送（我）的碗碎掉了。

4-4
動詞・補助動詞

▶ MP3-37

いたす【致す】②	「する」的謙讓語（表示敬意）
	例 来週の 水曜日 お伺い 致します。 下週三去拜訪。

しまう ⓪	表示完結；表示無法挽回 ★★★
	例 その 小説を 三時間で 全部 読んで しまいました。 花了三小時將那本小說全部看完了。

すぎる【過ぎる】②	太〜，過於〜 ★★
	例 この カメラは 高過ぎて 買えません。 這台照相機太貴了，買不起。

だす【出す】①	開始〜 ★★
	例 午後に なると、雨が 降り出しました。 一到下午，就開始下雨了。

 很像「他動詞」的「自動詞」

　　看到「を」＋動詞，一般都可判斷為「他動詞」，但是如果是「場所」＋「を」＋「動詞」，則非「他動詞」。

例① 「大学を卒業する。」：大学＝場所，「卒業する」⇒自動詞
例② 「駐車場を通る。」：駐車場＝場所，「通る」⇒自動詞
例③ 「教室を出る。」：教室＝場所，「出る」⇒自動詞
例④ 「バスを降りる。」：バス＝場所，「降りる」⇒自動詞
例⑤ 「空を飛ぶ。」：空＝場所，「飛ぶ」⇒自動詞
例⑥ 「運動場を走る。」：運動場＝場所，「走る」⇒自動詞
例⑦ 「角を曲がる。」：角＝場所，「曲がる」⇒自動詞
例⑧ 「階段を上る。」：階段＝場所，「上る」⇒自動詞

4-5
副詞・副助詞

　　新日檢 N4 當中，「副詞・副助詞」的部分，占了 7.01%。
常用的「副詞」，如「偶に（偶爾）」、「特に（特別）」、「な
るべく（盡可能）」、「殆ど（大部分）」、「先ず（首先）」、
「やっと（終於）」……等，必須熟記；此外還有兩個的「副助詞」：
「ばかり（剛剛）」與「程（左右）」也很重要，這些單字都有
其獨特的意義與用法，一定要認真學習。

あ行

▶ MP3-38

| ああ ①⓪ | 那麼；那樣 ★ |
| | 例 <u>ああ</u> なっても 構^{かま}いません。
即使變成那樣也無所謂。 |

| あす
【明日】 ② | 明天 ★★★ |
| | 例 <u>明日</u>^{あす}は きっと 良^よく なりますよ。
明天一定會變好的！ |

| いっしょう
けんめい
【一生懸命】 ⑤ | 努力；拚命 ★★★ |
| | 例 息子^{むすこ}は <u>一生懸命</u>^{いっしょうけんめい} ギターを 練習^{れんしゅう}します。
兒子拚命地練吉他。 |

| いっぱい ⓪ | 充滿；全部 ★★★ |
| | 例 お腹^{なか}が <u>いっぱい</u>です。
肚子很飽。 |

か行

▶ MP3-39

| かならず
【必ず】 ⓪ | 一定，必然（根據事實作「客觀而堅定」 ★★
的推測或判斷） |
| | 例 彼^{かれ}は <u>必ず</u>^{かなら} 明日^{あした}の 会議^{かいぎ}に 参加^{さんか}します。
他一定會參加明天的會議。 |

きっと ⓪	一定，必然（「主觀」的推測或希望） ★★
	例 彼は きっと 明日の 会議に 参加します。 他一定會參加明天的會議。
きゅうに 【急に】 ⓪	緊急地；危急地；突然地 ★
	例 急に 天気が 変わりました。 天氣突然變了。
けっして 【決して】 ⓪	絕不～（後接否定）
	例 決して 嘘は 吐きません。 絕不撒謊。
こう ① ⓪	這麼；這樣，如此
	例 私は こう 考えます。 我是這樣想的。
このあいだ 【此の間】 ⑤ ⓪	最近；前一陣子，前些日子 ★★
	例 この間、京都から 帰って 来たばかりです。 前些日子，才剛從京都回來。
このごろ 【此の頃】 ⓪	近來；這些日子 ★★
	例 この頃、物価が 高く なりました。 近來，物價上漲了。
これから ④ ⓪	今後，從現在起；從這裡開始 ★★
	例 これから 気を 付けます。 從現在起會注意的。
こんど 【今度】 ①	這回，這次；下回，下次 ★★★
	例 今度は 私の 番です。 下回輪到我了。

| こんや
【今夜】 [1] | 今夜 ★★ |
| | 例 今夜は 何が 食べたいですか。
今天晚上想吃什麼呢？ |

さ行

▶ MP3-40

| さいきん
【最近】 [0] | 最近 ★★★ |
| | 例 最近、どこかへ 遊びに 行きましたか。
最近有去哪裡玩嗎？ |

| さっき [1] | 剛才，剛剛 ★★ |
| | 例 さっきまで ずっと 雨でした。
到剛剛為止一直都在下雨。 |

| さらいげつ
【再来月】 [2][0] | 下下個月 ★ |
| | 例 再来月、オーストラリアへ 行くつもりです。
（我）打算下下個月去澳洲。 |

| さらいしゅう
【再来週】 [0] | 下下星期 ★ |
| | 例 彼女は 再来週 結婚します。
她下下星期結婚。 |

| しっかり [3] | ①緊固；牢靠；紮實；硬朗；充足 ★★
②當「する動詞」用 |
| | 例 ①しっかり 休むことは とても 大切です。
充分休息是非常重要的。

②お祖父さんは 体が とても
しっかりして います。
爺爺身體非常硬朗。 |

しばらく【暫く】 ②	一會兒；一陣子；暫且 ★★
	例 暫く お待ち ください。
	請稍等一會兒。

じゅうぶん【十分】 ③	十分；足夠；充分 ★★★
	例 あの 映画は 見る価値が 十分 あります。
	那部電影很值得一看。

しょうらい【将来】 ①	將來 ★
	例 将来、心理学者に なりたいです。
	（我）將來想當心理學家。

ずいぶん【随分】 ①	相當 ★★
	例 随分 お待たせして しまいました。
	讓您久等了！

すっかり ③	完全；全部 ★
	例 その 事を すっかり 忘れて しまいました。
	完全忘記那件事了。

ずっと ⓪	一直；更～ ★★★
	例 先週から、ずっと 忙しいです。
	從上週開始，一直都很忙。

ぜひ【是非】 ①	務必，一定；是非；好壞 ★
	例 ぜひ 私の 家に 遊びに 来て ください。
	請務必來我家玩。

ぜんぜん 【全然】 ⓪	完全；十分；一點也～（後接否定） ★★★
	例 日本語に 全然 興味が ありません。 對日文完全沒興趣。

それほど 【其れ程】 ⓪	那麼；那樣 ★
	例 伯父さんの 病気は それ程では ありません。 伯父的病情沒有那麼嚴重。

そろそろ ①	就要～；差不多～；慢慢地；漸漸地 ★★
	例 そろそろ 寝る時間ですよ。 差不多該睡覺了喔！

そんなに ⓪	那麼；那樣 ★★
	例 彼は そんなに 背が 高くないです。 他身高沒那麼高。

た行

▶ MP3-41

だいたい 【大体】 ⓪	大概；大致；根本；原來 ★★
	例 夏休みの 期間は、小学校、中学校と 大体 同じです。 小學與國中的暑假期間大致相同。

だいぶ 【大分】 ⓪	很，相當 ★
	例 彼は だいぶ、中国語が 話せるように なりました。 他中文變得相當能說了。

ただいま
【只今・唯今】 [2]

目前；剛剛；馬上　　　★★

例 ただいま　仕事中です。

目前正在工作。

たとえば
【例えば】 [2]

例如　　　★★

例 魚介類、例えば　いかや　蟹が　好きです。

喜歡海鮮，例如烏賊跟螃蟹。

たまに
【偶に】 [0]

偶爾　　　★

例 偶には　私の　家に　遊びに　来て
ください。

請偶爾來我家玩。

ちっとも [3]

一點也不〜（後接否定）　　　★

例 今日は　ちっとも　食べて　いませんよ。

今天一點也沒吃。

できるだけ
【出来るだけ】 [0]

盡可能　　　★★

例 明日は　できるだけ　早く　来て
ください。

明天請盡早來。

とうとう
【到頭】 [1]

終究；到底　　　★

例 昨夜　一時間　待ちましたが、彼女は
とうとう　来ませんでした。

昨晚等了一個小時，她終究沒來。

とくに
【特に】 [1]

特別，尤其　　　★★

例 特に　ギターに　興味を　持って　います。

對吉他特別感興趣。

どんどん ①	順利地；很快地；不斷地	★★

例 この 近くに 新しい 家が
どんどん 建って います。
這附近不斷地蓋了新房子。

な行

▶ MP3-42

なかなか 【中々】 ⓪	很，相當，非常；不輕易～（後接否定）； 怎麼也不～（後接否定）	★★

例 この 問題は なかなか 難しいと
思います。
（我）覺得這個問題相當難。

なるべく 【成るべく】 ⓪③	盡可能	★★

例 明日は なるべく 早く 来て ください。
明天請盡早來。

は行

▶ MP3-43

はっきり ③	清楚，明確；直接	★★

例 もっと はっきり 言って ください。
請再說得清楚點。

ひじょうに 【非常に】 ⓪	非常地	★★

例 今日は 非常に 寒いです。
今天非常地冷。

べつに 【別に】 ⓪	特別地　　　　　　　　　　　　　　★★ 例 別に　言いたい　ことは　ありません。 沒有特別想説的話。
ほとんど 【殆ど】 ②	①幾乎，差不多；大部分②當「名詞」用　★★ 例 ①英語が　殆ど　分かりません。 不大懂英文。 ②その　計画に　殆どの　人が　賛成して います。 大部分的人都賛成那個計畫。

ま行

▶ MP3-44

まず 【先ず】 ①	首先；最初；姑且；總之　　　　　★★ 例 先ず、自己紹介させて　いただきたいと 思います。 首先請讓我自我介紹。
もうすぐ 【もう直ぐ】 ③	不久，馬上　　　　　　　　　　　★★ 例 もうすぐ　春ですね。 再過不久就是春天了呢！
もし 【若し】 ①	假如，如果，萬一　　　　　　　　★★ 例 もし　明日　天気が　よければ　山に 登りましょう。 如果明天是好天氣，就去爬山吧！

| もちろん【勿論】 ② | 當然；不言而喻　★★★ |
| | 例 君の 意見には もちろん 賛成です。
當然贊成你的意見。 |

や行

▶ MP3-45

| やっと ⓪ | 終於，好不容易；勉勉強強　★★ |
| | 例 やっと 宿題を やり終えました。
終於將作業做完了。 |

| やっぱり【矢っ張り】③
やはり【矢張り】② | 仍然，還是；果然　★★★ |
| | 例 色々 考えましたが、やはり 諦めました。
左思右想，還是放棄了。 |

わ行

▶ MP3-46

| わりあいに【割合に】 ⓪ | 比較地；意外地 |
| | 例 この 冬は 割合に 寒いです。
今年冬天比較寒冷。 |

▶ MP3-47

ばかり ①	大約；剛剛；只有　　　　　　　★★★
	例 この　靴は　昨日　買ったばかりです。 這雙鞋子是昨天剛買的。

ほど 【程】 ⓪②	大約；程度；分寸　　　　　　　★★
	例 明日から、一週間程　旅行する予定です。 預定從明天開始，旅行一個星期左右。

メモ

4-6
接頭語 ‧
接尾語

新日檢 N4 當中，「接頭語‧接尾語」占了 2.93%。「接頭語」的「ご」舉足輕重，用法須多加留意。「接尾語」與 N5 略有不同，大部分是「名詞」的「字尾」，如「～県（縣）」、「～市（市）」、「～代（費）」、「～料金（費）」……等，也是日常生活中經常會用到的必備單字。

▶ MP3-48

ご 【御】　⓪	您～；貴～； 您的～（美化語，表示尊敬或禮貌）　★★★
	例 ご専門は　何ですか。 您的專攻是什麼呢？
なま 【生】　①⓪	生的～；鮮的～；不成熟的～；　★★ 不熟練的～；未加工的～
	例 生ごみは　土曜日に　捨てて　ください。 廚餘請於週六丟棄。

▶ MP3-49

いん【員】 ①	～人員；～成員；～職員 ★	
	例 母は　会社員です。 母親是公司職員。	

おき【置き】 ⓪①	毎～；每隔～ ★★	
	例 この　薬は　三時間おきに　飲んで ください。 這個藥請每隔三小時吃一次。	

おく【億】 ①⓪	～億 ★	
	例 この　家は　何億円　掛かりましたか。 這個房子花了多少億日圓呢？	

か【家】 ①	～家 ★	
	例 姉は　作家です。 姊姊是作家。	

かい【会】 ①⓪	～會 ★	
	例 昨日、同窓会に　参加しました。 昨天參加了同學會。	

かた【方】 ①②	～方法 ★★★	
	例 この　料理の　作り方を　教えて ください。 請教我這道菜的作法。	

くん【君】 ①	小～（對同輩或晚輩之間的稱呼）★★★	
	例 林君、何を　して　いるんですか。 小林，你在做什麼呢？	

けん 【県】 1	～縣　　　　　　　　　　　　　　　　　★ 例 私は　桃園県に　住んで　います。 我住在桃園縣。	
けん 【軒】 1	～棟；～間；～家　　　　　　　　　　　★ 例 この　町には、本屋さんが　二軒 あります。 這條街有兩家書局。	
さま 【様】 1	～先生；～小姐（表示尊敬）　　　★★★ 例 小林様は　いらっしゃいますか。 小林先生在嗎？	
し 【市】 1	～市　　　　　　　　　　　　　　　★★ 例 私は　中壢市に　住んで　います。 我住在中壢市。	
しき 【式】 2 1	～典禮；～樣式　　　　　　　　　　★★ 例 卒業式は　来週です。 畢業典禮是下週。	
せい 【製】 1 0	～製　　　　　　　　　　　　　　　　★ 例 この　かばんは　日本製です。 這個包包是日本製的。	
だい 【代】 1 0	～費用　　　　　　　　　　　　　　★★ 例 今月の　電話代（＝電話料金）が 高いです。 這個月的電話費很貴。	

ちゃん ⓪①	小〜（表示親暱）	★★★
	例 桃_{もも}ちゃん、何_{なに}を　して　いるんですか。 小桃，妳在做什麼呢？	

つき **【月】** ②	〜月（份）	
	例 一月_{ひとつき}の　間_{あいだ}、ずっと　台湾_{たいわん}に　いました。 一整個月都在台灣。	

ど **【度】** ⓪	〜次	
	例 韓国_{かんこく}へ　一度_{いちど}　行_いったことが　あります。 曾去過韓國一次。	

にくい **【難い】** ②	難〜	★★
	例 この　本_{ほん}は　読_よみにくいです。 這本書很難讀。	

ばい **【倍】** ⓪	〜倍	★
	例 Ａ 学校_{エー がっこう}の　学生_{がくせい}は　Ｂ 学校_{ビー がっこう}の　二倍_{に ばい}です。 Ａ校學生是Ｂ校學生的兩倍。	

め **【目】** ①	第〜	★★★
	例 私_{わたし}の　家_{うち}は　この　通_{とお}りの　三軒目_{さんけん め}です。 我的家是這條馬路的第三間。	

やすい ②	容易〜	★★
	例 この　本_{ほん}は　読_よみやすいです。 這本書很容易讀。	

1-6
接頭語・接尾語

「代」與「料金」

(A)「代」⇒「使用某種物品」或是「利用某項服務」所支付的費用

例如 電話代（電話費）、電気代（電費）、水道代（水費）、
ガス代（瓦斯費）、ガソリン代（油資）、バイト代（打工工資）

(B)「料金」⇒「使用某種物品」或是「利用某項與交通有關的設施」所
支付的費用

例如 電話料金（電話費）、電気料金（電費）、水道料金（水費）、
ガス料金（瓦斯費）、タクシー料金（計程車車資）、
特急料金（特快車車資）、グリーン車料金（商務座車資）、
寝台料金（臥鋪車資）、料金所（＝料金所，收費站）、
駐車料金（停車費）

4-7

其他

新日檢 N4 當中出題率相當高的「接續詞」、「接續助詞」、「連體詞」、「連語」、「疑問詞」、「感嘆詞」，均在此作說明介紹。最後補充「基礎會話短句」，幫您逐步累積新日檢的應考實力。

▶ MP3-50

		於是～；這樣一來～	★
すると	0	例 すると、明日は 出席できないのですか。 這樣一來，明天無法出席了嗎？	

		那麼～；後來～	★★
それで	0	例 それで、いつまで 待たなくては いけませんか。 那麼，必須等到什麼時候呢？	

		再者～；而且～	★★
それに	0	例 その 店の 料理は 美味しいですし、 それに 安いです。 那家店的菜很好吃，而且又便宜。	

		因此～，所以～	★★★
だから	1	例 雨が 降って います。 だから、傘を 持って 学校へ 行きます。 下雨了。所以，會帶著傘去上學。	

		或是，或者	★
または **【又は】**	2	例 ビール または ワインを 買って ください。 請買啤酒或是紅酒。	

けれど ①
けれども ①

但是～（「けれども」較為鄭重） ★★

例 雨が 降って います。
けれど、出掛けました。

下雨了。

但是，還是外出了。

▶ MP3-52

	那樣的 ★★
あんな ⓪	例 あんな 静か{しず}な ところは ありません。 那樣安靜的地方不存在。

	那樣的 ★★
そんな ⓪	例 そんな 親切{しんせつ}な 先生{せんせい}は いません。 那樣親切的老師不存在。

ついて ①

關於～ ★

例 まず、使い方に ついて 説明したいと
思います。

首先，（我）想説明一下使用方法。

▶ MP3-54

哪一邊；哪一方　　　　　★★★

どっち ①

例 <u>どっち</u>が　東^{ひがし}ですか。

哪一邊是東邊呢？

▶ MP3-55

あっ ◯①	哎呀！（用於吃驚或感到意外時） ★★★
	例 あっ、痛いです。 哎呀！好痛！
うん ①	嗯！（表示肯定） ★★★
	例 うん、彼は　確かに　そう　言いました。 嗯！他確實那樣說過。
そう ①	是嗎？（表示驚訝） ★★★
	例 そうですか、分かりました。 是嗎？我知道了。
なるほど ◯	原來如此；的確（不適用於跟長輩說話時） ★★★
	例 なるほど、君の　言う通りです。 原來如此，你說的沒錯。

▶ MP3-56

行ってきます。	我走了。
行って参ります。	我走了。
行ってらっしゃい。	慢走！
お帰り（なさい）。	你（您）回來了。
お陰様で。	託您的福。
お大事に。	請多保重！
お待たせしました。	讓您久等了！
おめでとうございます。	恭喜！

畏まりました。
かしこ

知道了。

気を付けてね。
き　つ

小心喔！

それはいけませんね。

那可不行喔！

よくいらっしゃいました。

歡迎光臨！

國家圖書館出版品預行編目資料

一本到位！新日檢N4滿分單字書 / 麥美弘著
-- 初版 -- 臺北市：瑞蘭國際, 2019.08
176面；17×23公分 --（檢定攻略系列；60）
ISBN：978-957-9138-21-5（平裝）
1.日語 2.詞彙 3.能力測驗

803.189   108010723

檢定攻略系列60

一本到位！新日檢N4滿分單字書

作者｜麥美弘
審訂｜佐藤美帆
責任編輯｜葉仲芸、王愿琦、楊嘉怡
校對｜麥美弘、葉仲芸、王愿琦、楊嘉怡

日語錄音｜彥坂はるの
錄音室｜采漾錄音製作有限公司
封面設計｜劉麗雪、余佳憓
版型設計｜劉麗雪、陳如琪
內文排版｜余佳憓

瑞蘭國際出版
董事長｜張暖彗・社長兼總編輯｜王愿琦
編輯部
副總編輯｜葉仲芸・副主編｜潘治婷・文字編輯｜林珊玉、鄧元婷
特約文字編輯｜楊嘉怡
設計部主任｜余佳憓・美術編輯｜陳如琪
業務部
副理｜楊米琪・組長｜林湲洵・專員｜張毓庭

出版社｜瑞蘭國際有限公司・地址｜台北市大安區安和路一段104號7樓之一
電話｜(02)2700-4625・傳真｜(02)2700-4622・訂購專線｜(02)2700-4625
劃撥帳號｜19914152 瑞蘭國際有限公司
瑞蘭國際網路書城｜www.genki-japan.com.tw

法律顧問｜海灣國際法律事務所　呂錦峯律師

總經銷｜聯合發行股份有限公司・電話｜(02)2917-8022、2917-8042
傳真｜(02)2915-6275、2915-7212・印刷｜科億印刷股份有限公司
出版日期｜2019年08月初版1刷・定價｜260元・ISBN｜978-957-9138-21-5

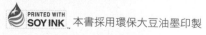

瑞蘭國際

瑞蘭國際